不再似以往那般自由自在，初阳尚未升起便驾一叶轻舟，
波光粼粼中，点一管炸药，一声巨响之后，水面上便漂

聪明，江上洲吃鱼，却感觉不到聪明到那里去，而江
得让村里的小学容不下了，小学满口土腔的老师找
别误了孩子，送镇上读书吧。
有捕鱼，整天抽烟想事，第三天，举家迁往县城，
县城的小学。
江河边，江上洲依旧在信江河的波光粼粼中捕
江河也真没有让他失望，小学中学成绩都是名
便顺理成章地成了一名大学生。
那年，进了县里一个机关，江上洲便不再捕
江河说，老子将你养大了，现在该你养老

江河如在学校念书的江河一般出色，不
长，而且是那种有些小权的股长，经常
挟两条好烟孝敬江上洲。每当此时，
个下酒菜，叫
酒行令，滋来
如信江河的

江河当
被撤了

信江河
江上
烟

1+1工程

1+1 GONG CHENG

第一辑

捕鱼者说

三　石

图书在版编目(CIP)数据

捕鱼者说 / 三石著. —南昌:百花洲文艺出版社,2013.5(2020.6重印)

(微阅读1+1工程)

ISBN 978-7-5500-0646-1

Ⅰ.①捕… Ⅱ.①三… Ⅲ.①小小说—小说集—中国—当代 Ⅳ.①I247.8

中国版本图书馆CIP数据核字(2013)第098927号

捕鱼者说

三　石　著

组稿编辑:陈永林

责任编辑:赵　霞　胡志敏

出　　版:百花洲文艺出版社

发行单位:全国新华书店

印　　刷:三河市人民印务有限公司

开　　本:700mm×960mm　1/16

印　　张:12

版　　次:2013年8月第1版

印　　次:2020年6月第4次印刷

字　　数:124千字

书　　号:ISBN 978-7-5500-0646-1

定　　价:29.80元

赣版权登字:05-2013-241

网址:http://www.bhzwy.com

前　言

以“极短的篇幅包容极大的思想”，才能够以小胜大，经过读者的阅读，碰撞出思想的火花，震撼人的心灵。正因为这样，微型小说成为一种充满了幽默智慧、充满了空灵巧妙的独特文体。

如果说在二十一世纪的头一个十年，是互联网大大改变了我们的生活，那么在我们正在经历的第二个十年里，手机将更为巨大地改变我们的生活。如今，以智能手机为平台，正在构成一个巨大的阅读平台。一种新的阅读方式正不知不觉地走进大众的生活。一个新的名词就此产生，它便是“微阅读”。微阅读，是一种借短消息、网络和短文体生存的阅读方式。微阅读是阅读领域的快餐，口袋书、手机报、微博，都代表微阅读。等车时，习惯拿出手机看新闻；走路时，喜欢戴上耳机“听”小说；陪人逛街，看电子书打发等待的时间。如果有这些行为，那说明你已在不知不觉中成为“微阅读”的忠实执行者了。让我们对微型小说前景充满信心和期待的是，微型小说在微阅读的浪潮中担当着极为重要的“源头活水”。

肩负着繁荣中国微型小说创作、促进这一文体进一步健康发展的责任和使命，微型小说选刊杂志社推出了“微阅读 1 +1 工程”系列丛书。这套书由一百个当代中国微型小说作家的个人自选集组成，是微型小说选刊杂志社的一项以“打造文体，推出作家，奉献精品”为目的的微型小说重点工程。相信这套书的出版，对于促进微型小说文体的进一步推广和传播，对于激励微型小说作家的创作热情，对于微型小说这一文体与新媒体的进一步结合，将有着极为重要的作用和意义。

编者

2013 年 8 月

目　　录

终于能管你一回

说不清从什么时候开始，我便琢磨着能够管一回四平。

这个念头在我心头如一丛韭菜不能割舍。

要说我跟四平还是光屁股的朋友，打小的时候，两家只隔一堵墙。

但我跟四平更多的时候是一对冤家。

也不是自吹，从小学中学到大学，我一直算得上优秀，成绩在年级始终名列前茅，而且一直是班干部，从小组长、学习委员到副班长直至班长。如果没有四平，我绝对是我家乃至我家那一片的骄傲。然而四平的存在，让我体会到千年老二的无奈。从上小学开始，四平就处处压我一头。不仅成绩始终排在我之前，而且在职务上也一直在我之上。我是组长，四平是副班长；我当上了副班长，四平又成了班长；上大学，我和四平都在同一所大学，大一时两人都是一般学生，大二我通过竞选当上了学生会副主席，而四平竞选上了学生会主席。

我清楚地记得，那天夜里，在学校边上的上饶菜馆，醉眼蒙胧时，四平说了一句让我这辈子都不会忘记的话。

四平说，这辈子，只能我管你，你不可能管我。

虽是醉话，我却不能忘怀。

历史，总是惊人地相似。

大学毕业那年，我参加了公务员考试，而四平则去考了村官，以我们俩的修为，双双入围一点也算不上是新闻。巧的是，我和四平又是在同一个乡，不同的是，我在乡里当文书，而四平则是在下面一个村里当支部副书记。

说实话，那些日子我的心情还是十分愉快的。尽管当时我不能说是四平的上级，但毕竟我在乡里四平在村里，起点自然是我更高，努力三两年，当上个副乡长应该不难，到时便可算是四平的领导了。

于是，在以后的工作中，我勤勉刻苦、任劳任怨，三年后换届，我如愿当选为副乡长。但让我始料不及的是，四平也进了班子，而且是党委委员。虽然都是副科，四平显然列我之前。

高兴之余，我有些失落。

这以后，四平依旧处处压我一头。我当常务副乡长，四平则是党委副书记；等我当上了乡长，四平则提拔到另外一个乡当书记。当乡长不到两年，我也成了

书记，可以说与四平平起平坐。然而不久，县里换届，四平又成了县委常委。

其实要说起来，我的仕途也算得上是一帆风顺的，在四平当县委常委不久，届中调整，我也补选为副县长。如果没有四平，我的心态会十分平衡，如此，也就不会有以后发生的事情。

那些年，当我无时无刻不在寻找超越四平的机会时，机会便不期而至。

这年，县长因受贿被纪委“双规”了，当时四平是县委副书记，而我则是常务副县长，自然都是新县长的有力竞争者。但我心里清楚，如果正常出牌，四平胜出的几率肯定要大一些。要胜四平，便要出奇招。我从政快二十年了，说实话，虽不能说是廉洁的楷模，却也是能守得住底线的。我踌躇好些日子，终于横下了心。

我没有钱，但我有权。我给一个在县里做项目的老板“发轮子”，这老板便给我送来一笔钱，然后我就挖空心思想方设法找一个敢收我这笔钱的人。

都说人倒霉喝凉水都塞牙，我就是这样倒霉的人。钱还没有送出去，给我送钱的老板因为其他事被纪委请了去。这家伙也真不是个东西，竟然将我给出卖了。

往后事大家都能想到，我不仅没当成县长，而且连饭碗都丢了，还被判了刑，坐了牢。

“既生瑜，何生亮。”我啸天长叹。

服刑的日子里我很安心，既然安心，表现自然也不会差，所以我不久便成了监狱里一个生产队的小队长，而且一当就是好几年。这期间四平曾到监狱探望过我，聊起我之所以走到今天这一步的原因时，四平摇摇头，意味深长地说，也许，这就是命。

我无奈地说，我死心了，这辈子，命中注定，你就是我的克星。

然而，命这东西，就是喜欢捉弄人。在我坐牢的第五年，管教带来一个新服刑的犯人。新来的犯人站在我面前，有些胆怯、有些尴尬。

而我，在片刻惊诧之后，猛地冲上去握住新犯人的手，欢欣鼓舞地大叫，哈哈，终于能管你一回了！

心 境

老氓和老歪，是我很好的朋友。俩人都在虎山做副乡长，却因为正乡长的位置，俩人闹翻了。

朋友算什么？朋友就是拿来出卖的。老氓喷着满嘴酒气，背后玩阴的，什么东西？不就是个乡长么，老子不稀罕，我回柴角湾养鱼去。

柴角湾，离县城最偏远的乡，因湖而得名。而老氓、老歪和我，当年在柴角湾的碧波荡漾中便形影不离。

老氓还真去了柴角湾。当然不是去养鱼，而是同样做了乡长。

柴角湾跟虎山是不可同日而语的。虎山，虽然连老虎的影子都没有，却有金，金灿灿的金，大大小小的金矿不下十来座。而柴角湾也只有那一汪湖水还算有些名气。

毫无疑问，虎山乡乡长的位置毁了老氓跟老歪二十几年的交情。

而对于老氓的质问，老歪却是坦然，说不过是蛇有蛇路鼠有鼠道，说不上谁阴谁阳，难不成老氓当上了就理所当然？

两边都是朋友，所以我不说话。

这以后，在方圆不过几公里的小县城里，要么老氓、我，要么老歪、我，夜深人静时游走于大街小巷的夜宵摊，喝酒吃肉、吟诗作赋。

我有一个好听的职业叫自由撰稿人，其实就是无业。虽然经常是吃了上顿的馒头不知道下顿的面包在何处，时间却是多的有卖，所以我经常混迹于老氓跟老歪之间。虎山的灯红酒绿，虽然能够让我流连却也不会忘返，而柴角湾的清澈、恬静和如画的山水，却能让我霎时忘却尘世间的所有忧心如焚。

那段日子，经常与老氓捉一只山野的土鸡，去血除毛，然后整只用柴火炖至半烂；炒上一捧黄豆或花生米，买一箱或两箱的啤酒，用小篮置入湖水中至清凉，然后于幽静的湖畔抑或划一条破船入湖心。这时，酒便不单是酒了，是寂寞。

这是我这种略带酸腐的人喜欢过的日子。而我担心老氓不行。

但老氓不以为然：谁说的？柴角湾虽是个偏远小乡，却是民风淳朴，工作闲，客人少，领导们不愿意来，落得个轻松自在。整天游山玩水的，健康长寿是肯定的。

我总觉得老氓言不由衷，不是肺腑之言。你躲在这山角旮旯里，倒是自在了，可也没人会记得你，小心被边缘化了。

老氓点一棵烟抽上，然后抬头向天说，官大官小，没完没了；钱多钱少，一样烦恼。人生在世，想通了，其实就是这么回事，还不如呆在这深山湖泊中自得其乐，用不着去考虑那些虚名薄利的得失。

我不再说话，郑重其事地点头表示赞同。

日月如梭，光阴似箭，在以后的几年里，老歪在虎山过着他颐指气使、潇洒快乐的日子，老氓却如古人一般隐居在柴角湾，倒也相安无事。然而盛夏的一天傍晚，我在滨江公园散步跟几个人聊天时，却得到老歪因为贪污受贿被纪委“双规”的消息。

我将这个消息告诉老氓时，老氓呆愣了足有三分钟。

老氓叹了口气说，真是祸兮福所倚，福兮祸所伏，如果当年是我争到了虎山的乡长，现如今被“双规”的就会是我，而不是老歪。

我说，也不一定，说不定你能够抵挡得住诱惑也未可知。

老氓的脑袋摇得像拨浪鼓，不可能的，那么多的金矿，那么多的利益，谁都不敢夸那海口。

我略有所思地点头称是，然后说，还是你这样好，虽然利益少点，却也安全，毕竟，自由是最宝贵的。

那些日子我的心情一直不是太好，老歪出事是原因之一，毕竟我跟老歪不是一般的朋友。恰巧《微型小说选刊》杂志社邀我去万年开笔会，我打起背包便踏上了行程，也算是散心吧。

笔会开了三天，返回途中我突然接到老氓的电话。老氓说，老扁，告诉你一个好消息，我又调回虎山了。

老氓的声音很夸张，能感觉到老氓全身都在颤抖。我一时没弄明白到底是怎么回事，下意识地问了一句，老氓，你说什么？

老氓依旧很兴奋，但这回的声音更清楚些。老氓说，组织部刚找我谈了话，我去虎山当乡长。老扁，你快滚回来，我们来个一醉方休。

我拿着手机，一时不知道该说些什么。

喂，喂，老扁，老扁，你怎么不说话？你听得到吗？

老氓急促而又兴奋的声音让我有些茫然，不知道说些什么好……

失眠

失眠是病，而且是很难医治的病。

张世平能治失眠，在县里有些名气，好多失眠的人都找他看病。

李响也不例外。

张世平不知道李响是乡长，是李响自己告诉他的。

李响说他最近睡眠不好，半夜总会醒来，这一醒就再难入睡。

张世平给李响做了个简单检查，没发现什么特殊的病因，就问了问李响的工作情况。李响夸张地说，太忙了，整天忙得焦头烂额，想好好睡上一觉，又睡不好，真是烦透了。李响还说，早知这么累，半年前就不该下去当乡长，不如在机关当小干部自在。

听到这，张世平感觉已经找到了李响失眠的原因。新官上任，总想干出点成绩，精神压力免不了会大一些，睡不好很自然。便对李响说，你这失眠，不用吃药，注意劳逸结合，早起锻炼身体，晚上不要抽烟，就行。

当时李响是一副狐疑的表情。

大概过了一个月左右，李响又来了一次。这次李响的精神状态比上回明显要差，满脸的疲倦，一副昏昏欲睡的样子。

李响说，我按你的吩咐做了，照样睡不好，每天只能眯上个把小两个时。

张世平说，治疗失眠，最好还是自身调节，我教你一套自创的催眠操，每天晚上做一次，坚持做一个月，应该会有效果。

张世平没有想到，才过了半个月样，李响又来了，而且还带着一对熊猫眼。李响说，每天都做了操，可非但没有效果，还更严重了。

这回张世平拿出他的绝招，开了七副祖传的中药。张世平很自信地说，七副药，一天一副，文火细煎，配以催眠操，一个礼拜后如果你再来，一定是送锦旗。

也就一个礼拜，李响真的来了。

张世平一看就知道李响不是来送锦旗的。

李响那样子，憔悴得不成人样。

张世平很惊讶地说，不可能的呀，我的祖传秘方配合催眠操，不可能没有效果的。

李响说，效果倒是有，吃了药就能睡，可睡着了就做噩梦，那种难受劲，还不如失眠呢！

张世平便有一种黔驴技穷的感觉，只有请李响另请高明。

这以后李响就再也没找过张世平。

过了大约有两年的时间，有一次张世平在医院门口和人闲聊，看见李响从医院门口经过，一看就是那种睡眠充足的样子，张世平就叫，李乡长，李乡长。

李响看见了，走了过来，是张医生啊，不要叫我乡长，我早就不是乡长了。

张世平问，提拔了？

李响笑了一下，岔开话题，张医生，叫我有事呀？

张世平说，也没什么事，就是想问你，你的失眠好了？

李响答，好了，早就好了。

张世平又说，在哪看好的？

李响又答，没看，就这么好的。

张世平的眼睛瞪大起来，不可能呀，那么严重的失眠……

李响说，真的没看，骗你干什么。又说，我还有事，先走了。不等张世平答话，就匆匆地走了。

张世平摇了摇头，仍说，不可能啊！

这时先前和张世平聊天那人说话了，张医生，你和他很熟呀？

张世平说，他当乡长那会找我看过病，失眠，严重失眠，现在病好了，又提拔了。

那人冷冷地笑了，提拔个屁。

张世平奇怪地看着那人，怎么了？

那人说，这家伙收了人家的钱，当了半年乡长就被撤职了，还坐了两年牢，估计才放出来。

张世平眼睛瞪得更大了。

张山的相好

张山是领导的司机，虽然无职却并非无权，所以有个相好也不算稀奇。

这事，张山做得极为隐秘，隔三差五跟相好幽会。都说女人“三十如狼四十如虎”何况是两个如狼似虎的女人，张山的精力就是再旺盛自然也有些力不从心。虽然张山总以工作忙应酬多身体疲惫为由应付老婆，可时间一久，老婆还是有些怀疑。

如许多女人一样，老婆便经常检查张山的手机。好在张山提前做了防备，将相好的来电显示设定成领导的名字，而且约定尽量不发短信即便发短信内容也是简单明了，比如“过来一下，有事”，比如“准备点钱，明天下乡调研”，如此等等。所以，从没让老婆发现蛛丝马迹。

这天，张山的相好便给张山发了一条类似的短信——“急事，二十分钟赶到”。

收到短信时张山正发动车子准备陪老婆回娘家，心里头骂一声“真是有羞没够，前天才见过面”。虽说老婆就在边上可张山不敢不从命，张山深知这娘们不是个善茬，如果二十分钟不能赶到，指不定就会闹出个七级八级地震来。所以张山一边将短信给老婆过目，一边装出一副无可奈何的样子说，领导找我，我得过去一下。

这回张山的老婆倒没有多事，瞄了一眼短信内容便说，我跟你一起去，等你办完事再回娘家。

张山急了，说领导找我你跟去算什么事？

老婆也急了，说你去办事我在外面等你怎么不行了？

张山无奈，只得开着车带着老婆一块去。

张山将车开到一个叫月光花城的小区门口，让老婆在车上等，急匆匆进了小区。确定老婆没有跟踪盯梢后，张山飞也似的窜进了相好的家。

此刻，相好如猫般卧在柔软的席梦思床上，起伏的丰胸让张山的雄性荷尔蒙如泉喷涌，以至于完事后回到车上时，张山仍感脸颊发热气息不畅。而此时老婆的一句话让张山霎时如五雷轰顶。

老婆问，真的是领导找你有事？

张山忐忑不安，真……真是，刚……刚才你不是看……看了短信吗？

老婆仍疑惑，你们领导好像不住在这小区呀？

张山释然，神秘一笑后说，这事，你懂的。见老婆恍然，便叮嘱道，你可不要在外面乱讲。

老婆不屑一顾，我傻呀！

正像小品里黑土大叔说白云大妈那样，张山老婆那张嘴也如棉裤腰一般。这天夜里，张山老婆跟几个资深闺密搓麻。这本就是个能够分享所有秘密的场合，张山老婆将月光花城的秘密贡献出来给大家分享顺理成章。当然，张山老婆没有忘记如张山一般叮嘱闺密们一定要守口如瓶。

往后的事大家都能猜得到。这以后不久，张山领导在月光花城养了个相好的谣言便在小城里渐渐传开了，传得是风生水起，一个个绘声绘色如亲眼目睹。

谣言自然传到张山的耳朵里。

张山情知自己便是这谣言的始作俑者，且肯定是老婆传播出去的。张山将老婆狠狠骂了一通，骂过以后却也是无可奈何。

谣言传到了张山领导的耳朵里。

张山领导倒是很镇定，只是在一个说正式又不是十分正式的场合说过身正不怕影子歪之类的话。

谣言传到张山领导对立面的耳朵里。

于是，一封举报信便到了纪委。

举报信写得是有鼻子有眼的，纪委肯定派员调查。

张山闻知后惊惶失措，既怕纪委顺藤摸瓜查出自己制造谣言使自己得罪领导在单位无法混下去，又怕相好的事暴露后老婆饶不了，自己在家里无法待下去。所以那段日子张山如热锅上的蚂蚁惶惶不可终日，甚至多次萌生主动自首坦白的念头。

然而，事情的发展绝对让张山始料不及。

那天，纪委调查组通知张山谈话，张山紧张的双脚发颤手心冒汗。调查人员问张山是否知道领导相好的事，张山将脑袋摇得如拨浪鼓，甚至还以人格担保领导绝对没有相好。

调查人员笑了，笑过之后将一张照片搁在张山面前。

那是一张极为亲密的男女合影照片，男的是张山领导，而女的则是张山那个如猫般的相好。

张山一时蒙了，支支吾吾地说，这……这算怎么回事？

调查人员说，算怎么回事？这便是你们万局长跟相好的合影。你是他的司机，能一点都没有察觉？

张山抽了根烟，终于让自己冷静了下来，也终于明白到底算怎么回事了。

张山说，真的，这事，我真的不知道。一点都不知道。

离开调查组，张山压低嗓子狠狠地骂了一声，妈的，这个骚货！

后　妈

西岸八岁时，父亲领了一个女人到家里来，父亲对西岸说，西岸，快，叫妈。西岸眼睛一翻一翻地看着女人，蚊虫似的声音从喉咙深处游了出来，阿姨。

按西岸的说法从那一刻起，他和后妈的“仇”就算是结下了，尽管当时后妈说，没关系，孩子小，怕生，过几天就会叫了。但西岸过几天仍然叫后妈阿姨，甚至一直到后妈过世都没有叫过一声妈。

后妈嫁过来时还带了一个男孩，且随了西岸父亲的姓，叫西夏。西夏和西岸一般大，只是比西岸的月份小，所以西岸是哥哥，西夏则是弟弟。

因为有西夏，所以西岸便把西夏作为参照物。那个时候家里很穷，吃饭的时候小孩都不上桌，大人给小孩挟点菜到一边吃，后妈挟给西夏的菜总比挟给西岸的菜好，比如吃肉，西岸不是骨头就是肥肉，而西夏则全是精肉。还有吃零食，明明西夏和西岸一样，每人只发了两颗糖，可过一会，西夏又会变魔术般从什么地方掏出一颗来。

小时候的西夏属于那种看着憨厚其实一肚子心眼的人，而西岸则完全是一个彻头彻尾的小犟驴，两小孩斗起法来，每回都是西岸吃亏，西夏干了坏事，经常栽赃给西岸。有一次西夏爬到邻居家的桃树上摘桃，摘下来后却让西岸拿着，被邻居抓着时，西夏却说他不会爬树。桃子又在西岸的手上，西岸自然是百口莫辩。正在烧饭的后妈听得邻居的叫骂声跑了出来，顺手就在西岸的头上敲了一火钳，西岸的脑袋当时就开了花，血流满面。

这也是后妈第一次打西岸。

用一句文章里经常出现的话说：从那时起，在西岸幼小的心中，就埋下了仇恨的种子。

当然，说仇恨其实过了，但西岸对后妈确实没有多少感情。

很多事都是这样的，后妈自从打过一次西岸后，似乎隔三差五西岸就得请他吃一顿竹笋炒肉。西岸说他很坚强，无论后妈如何打都不哭，更不求饶，当然也决不认错，经常气得后妈自己哭个不停。西岸的父亲是木匠，常年在外做手艺，虽然对西岸在家的处境也有所闻，但毕竟没有明显的感受。回家问时，后妈自然是将西岸一阵数落，问西岸，西岸那会恨后妈，更恨父亲给他找了这么个后妈，也就不会跟父亲说。其实西岸就是说也没有用，父亲性格懦弱，后妈则属于女强人那种的。

那些年，在西岸所居住的村里，说起西岸来，大家都会说，这孩子，可怜死了亲娘。

都说倔犟的人有志气，西岸也有志气，打小会读书。十四岁那年，西岸到镇上去读了初中，那会儿的西岸就有一个想法：读书，考大学，然后改变命运。

西岸考高中那年家里出了件大事，西岸的父亲一病不起，弥留之际父亲对后妈说，两个孩子读书，家里供不起，让他们考，谁考得好就让谁去读，另一个则留在家帮你。说完，西岸的父亲就去世了。

父亲过世后的那段日子西岸特别用功，吃饭时也看书。都说功夫不负有心人，中考时，虽然西岸和西夏都考上县里的高中，可西岸比西夏多了一分，就这一分，改变了西岸和西夏的命运。

西岸高中毕业后，又考上了本地一所中专。那年头有学历的人不多，所以西岸中专毕业后分到了县里工作。从此，西岸便成了城里人，结了婚，生了子，而西夏则在农村做着地地道道的农民。西岸与后妈的关系也随着西岸的独立而越来越淡，开始几年西岸每年还会回去两三次，后来就越来越少，就是清明给父亲扫墓，也不回家住。

就这样过了很多年，有一天西岸突然接到西夏的电话。西夏说后妈不行了，也就是这几天的事。西夏还说，后妈想见他一面。西岸听到这消息时并没有太多伤感。但西岸还是赶了回去，毕竟母子一场。

但后妈并没有见着西岸，西岸赶到时后妈已经过世。西岸例行公事地帮着西夏操办着后妈的后事，就像个帮忙的人一样，甚至没有按照乡下的习俗给后妈下跪磕头。

三天以后，西岸便返回城里，在公共汽车上遇到了初中时的老校长。老校长得知西岸后妈过世的消息后，叹了口气，说好人命不长呐。西岸有些奇怪，问老校长什么意思。老校长说，当年她让亲生儿子放弃了读高中的机会，而让你去读高中，有几个当妈的能做到。西岸说那是我比西夏多考了一分。老校长不可思议地看着西岸，说原来你到现在还不知道呀，你和西夏的考试成绩相差一分不错，但不是你比西夏高一分，而是西夏比你高一分。

西岸突然感到胸口被什么猛烈地撞击了一般，足足呆愣了好几分钟，待缓过神来时便下了车，疯了似的往回跑。老校长在车上死劲叫，西岸，西岸，你干什么去？可西岸没有回答。西岸在心里喊着：妈，儿子来给你磕头了。

女　人

女人很妩媚。

妩媚的女人总给人感觉容易发生些带色的故事，所以男人们便有些想入非非，这其实也正常。女人是见过世面的，对一些“吃豆腐”、“揩油水”式的骚扰，倒也有些抵抗力，虽不能应付自如，也不至于惶恐不安。

女人虽然妩媚，却传统，开玩笑可以，要动真格，万万不行。

女人不想动真格，却不影响男人想动真格，一般的男人倒也无所谓，如果是领导，就有些麻烦了。

女人原本就在领导身边工作，开始的时候，领导也不过是讲讲荤段子开开黄色玩笑。女人倒也配合，领导的自我感觉自然良好。感觉好了，领导便开始动真格，先是时不时地给女人发短信，挑逗的意思极为露骨；再就是时常带女人外出应酬，应酬的时候死劲灌女人喝酒，还说女人不醉男人没有机会。不过女人酒量极宏，往往是领导醉了女人仍旧心如明镜。于是领导便不再拐弯抹角，直接在酒店开了一间房，然后打电话骗女人过去。女人去了，一进房间就洞察了领导的狼子野心，转身就走。领导动了粗，女人也动了粗，在领导脸上留下了五条指印。

这以后，女人在单位度日如年，领导时不时给女人“穿小鞋”，找借口将女人调到下属的一个偏远地方，美其名曰：“下基层锻炼”。

好在女人也不是一般的女人，“此处不留人，自有留人处”，女人找关系寻路子，不多久便换了个单位。

到新单位的女人依旧妩媚，可新单位领导是个女领导，即便女人再妩媚，女领导也不可能打女人的主意。这其实也是女人选择新单位的理由之一。

有一句话说铁打的营盘流水的官。女人调到新单位不到一年，领导便换了，换来个领导又是个男人。

不过让女人欣慰的是，新领导不似原单位领导那般好色，不给女人讲荤段子不跟女人开黄色玩笑，更不会给女人发骚扰短信。

女人依旧在办公室工作，但领导不久便将女人调整到一个很重要的业务科，当主持工作的副科长，丝毫看不出对女人有非分之想的意思。

女人在心里说：谁说天下乌鸦一般黑？我们领导这只乌鸦不但不黑，还很白。

不过，女人因为是重要业务科的负责人，虽然不用经常跟领导外出应酬，却

是十天半月地陪领导到上级部门请示汇报。出差在外，免不了要住宾馆，住宾馆也不能总待在房间里看电视，偶尔，领导便请女人去喝咖啡。

说是喝咖啡，其实是聊聊天、谈谈心。几次之后，女人发现领导其实心思很重。聊天谈心不过是说些家长里短的事，可每当说到家庭时，领导便会叫一瓶洋酒。可领导酒量不行，每次喝不了几杯便醉。一醉，女人便将领导搀扶回房间。

有一次，领导又喝醉了，女人将领导送回房间时，分明听到领导口齿不清地说：雪儿，我喜欢你；雪儿，我爱你。听得女人面红耳赤。

雪儿是女人的名字。

又一次，领导仍喝醉了，女人将领导送回房间，正准备离开时，领导伸手拉住女人。女人的心咚咚地跳。

但女人没醉。女人轻轻地说：放手。

领导不说话，醉眼蒙胧地看着女人，却不放手。

女人再说：放手！

领导便松开了手。

这夜，女人没有合眼。

女人拒绝了领导，原也担心领导会如老领导一般。可事实证明，女人的担心是多余的。领导不仅没有给女人穿小鞋，还让女人的副科长转了正。而且从那以后，领导虽然依旧经常带女人到上级部门请示汇报工作，依旧经常住宾馆，却不再约女人喝咖啡。

女人对领导的敬佩之情油然而生。

这以后不久，有一次女人在单位加班，加班到夜深时，女人看到领导办公室里的灯还亮着。说不清为什么，总之，女人鬼使神差地敲开了领导办公室的门。

烟雾缭绕中，女人看见领导独自一人在喝着闷酒。

女人霎时泪流满面。

女人上前将把领导的头抱进怀里……

捕鱼者说

37 岁那年，江上洲孤身在信江河救了一个轻生女子，次年有了江河，而那女子却在江河第一声啼哭中合上了眼。

从此，江上洲不再似以往那般自由自在，初阳尚未升起便驾一叶轻舟，在信江河湾的波光粼粼中，点一管炸药，一声巨响之后，水面上便漂满泛白的河鱼。

都说吃鱼的人聪明，江上洲吃鱼，却感觉不到聪明到那里去，而江河吃鱼，聪明得让村里的小学容不下了。小学满口土腔的老师找到江上洲说，别误了孩子，送镇上读书吧。

江上洲两天没有捕鱼，整天抽烟想事，第三天，举家迁往县城，将江河送进了县城的小学。

县城依旧在信江河边，江上洲依旧在信江河的波光粼粼中捕捞着希望。而江河也真没有让他失望，小学中学成绩都是名列前茅，后来便顺理成章地成了一名大学生。

江河大学毕业那年，进了县里一个机关，江上洲便不再捕鱼。江上洲跟江河说，老子将你养大了，现在该你养老子了。

在机关做事的江河如在学校念书的江河一般出色，不几年就成了股长，而且是那种有些小权的股长，经常能拎几瓶好酒挟两条好烟孝敬江上洲。每当此时，江上洲便炒几个下酒菜，叫上几个老友喝酒行令，赢来老友的啧啧声如信江河的粼粼波光。

然而世事难料，江河当股长的第三年被撤了职。

夜里，江河在信江河边抽着闷烟，江上洲也跟了去。烟火明明灭灭中，江河委屈地说，那些个局长、副局长的，哪个不比我捞得多？可查来查去，他们全没事，偏偏我这个小股长有事。

江上洲抽着烟，缓缓地问道，江河，你说这信江河里有大鱼没？

江河疑惑地看着父亲，没好气地答，这么大一条河，怎么可能没有大鱼？

江上洲说，从 20 岁起，老子便在这信江河上炸鱼，可这么些年来，你见老子炸到过大鱼么？

江河想了想，摇了摇头。

江上洲接着说，因为大鱼沉在水底，一炮下去，面上的小鱼小虾在劫难逃，

水底的大鱼却不会有事。

江河垂首皱眉，一会站起身来说，我也要做一条大鱼。

江上洲拍拍江河肩膀，笑了。

往后的日子里，江河便不似以往那般好烟好酒地往家里拿，而江上洲虽然仍然喝酒抽烟，却不再是名烟好酒。有一回，一个好事之徒讥笑江上洲说，老江，怎么不请大家喝酒抽烟了？江上洲沉下脸回敬对方，会有那么一天的，不过到时可没你的份。

那些年，江上洲的日子过得算不上滋润，却是很得意，因为江河极为争气，先是又当上了股长，然后是副局长，然后是局长，再然后是调到市里，当上了市里头的局长。

江河调到市里头的第二年，将江上洲接了过去，住上了装修华丽的套房。

市里也有一条江，便在江上洲家的边上。

江上洲经常带一包花生米独自坐在江边的石堤上，品着五粮液中华烟，想起当年老友们羡慕的表情，失落的感觉油然而生。

让江上洲颇感自豪的是80大寿那天，端坐在豪华酒店酒桌边，面对排着队前来祝寿的客人，俨然一副江老太爷的感觉。

这种感觉让江上洲享受了好几天。

然而，也就是几天以后，江河就被宣布免职接受组织调查。

夜里，父子俩如10多年前那次一样，在江边抽着烟。烟火明明灭灭中，江河说，这回，我可能躲不过去。

江上洲说，不就是给老子做个寿么，能有那么严重？

江河叹口气说，如果就为这事，纪委不可能兴师动众！

江上洲有些紧张了地问，还能有什么事？

江河不答，过一会才说，我记得那年您曾经说过，大鱼沉在水底，一炮下去，面上的小鱼小虾在劫难逃，水底的大鱼却不会有事。这些年，我经过努力，终于成了大鱼，不想却还是难逃一劫。您说，怎么会这样呢？

江上洲沉默一会，然后支吾着说，如果，炸药量大一些，大鱼也能炸翻起来。

江河默然无语。

福婶的心情

福婶的心情很像这些日子的天气，阴沉沉的。

虽说是得了重病，而且是在肿瘤医院住院，但这不是福婶心情不好的原因。毕竟年岁大了，谁也斗不过阎王爷，这一天总是早晚的事。福婶想得开。所以福婶的情绪比儿女们要开朗得多，死寂的病房里总是能听到她爽朗的笑声。

可自从病房里又住进一个病人来以后，就很难听到福婶的笑声了。

新住院的病人名字叫兰琴，和福婶得的是同样的病。

要说兰琴和福婶可不陌生，打小的时候两家就是邻居，从小学初中到高中就一直是同学。读书的时候兰琴成绩很好，在班上总是考一二名，福婶虽然有时也会考个第一第二，不过却是倒数的。为这，福婶没少被父母数落，而且每次挨骂总有一句，你看人家兰琴……时间一长，福婶心里就滋生了一种妒忌不像妒忌仇恨不像仇恨的情绪来。

不过有一点是肯定的，那就是福婶心里总憋着一股劲，盼着能在什么事情上压兰琴一头，可总是事与愿违。书没人家读得好就算了，工作没人家体面都没得说，好不容易嫁个老公是个经理，偏偏人家的老公就管她老公一级。但福婶没有放弃，把一门心思都放在一对儿女身上，心想我比不了你，我儿女一定要超过你的儿女。儿子女儿总算是争气，双双考取大学，双双当了干部，甚至儿子还当上了个像模像样的副乡长。不过让福婶气恼的是，兰琴的一对儿女大学毕业以后竟然出了国，儿子在澳大利亚，女儿在美利坚。这福婶的心情能好得了吗?

心情不好的福婶便不怎么讲道理，横挑鼻子竖挑眼的，儿女们怎么做她都不满意。

兰琴实在忍不住也就劝了福婶几句："孩子们够孝顺的了，你就知足吧。"福婶翻着白眼瞅了一眼兰琴："没本事，孝顺有什么用? 整天就晓得围着我转。有能耐也出去闯荡去。"较劲这么些年，兰琴自然清楚福婶话中的意思，便不再支声，回过身去。

没人看见兰琴的脸上有一丝苦笑。

更让福婶生气的是，兰琴还隔三差五和儿子女儿用手机打一回国际长途，甚至有一回，兰琴还收到一份汇款单，上面还有一个 $ 符号。儿子说那是美元。福婶又不高兴了，又拿孩子们说事："别美元了，人民币都快没了，看你们拿什么

给我治病，不如等死算了。”

兰琴摇摇头，仍回过身去苦笑。

时间一天天地过去，病情一天天地加重，先是兰琴快不行了，先是一会清醒一会迷糊，慢慢地清醒的时候越来越少，迷糊的时候越来越多，迷糊的时候就不停地念叨儿女的名字。

福婶听多了，心里头就有些酸酸的，感觉这些年来自己确实有些小人，便让儿女扶着挪过身去握住兰琴的手，轻轻地叫着兰琴的名字。兰琴醒过来后，福婶就安慰兰琴：“你别着急，孩子们会回来的。”

兰琴不语，伸出颤抖的手抚摸福婶儿子的脸，又抚摸福婶女儿的脸，最后握住福婶的手说，你真有福气。然后苦苦一笑，便合上了眼……

兰琴去世以后福婶就没有开口说过话，整天就躺在病床上怔怔地发愣。两天以后，福婶也不行了，也和兰琴一样一会清醒一会迷糊。儿女都紧张起来，个个围着病床，不停地叫着“妈妈，妈妈”。福婶缓缓睁开眼睛，看着泪流满面儿女，突然笑了起来，而且笑出了声音。不过只笑了一声便戛然而止，笑容却凝固在福婶在脸上。

谁都看得出来那笑容很幸福……

你不是个好记者

“你不是个好记者。”

台长在审定小易拍摄的一条新闻带子后，绷着脸对小易说了这句话。

小易是电视台《天天播报》栏目的摄像记者。和小易搭档的出镜记者叫林雪，俩人的工作就是接新闻热线电话，然后赶赴现场采访。采访的事不是发生在小城大街小巷的奇闻轶事，就是居民们在日常生活中遇到的可心的或者烦恼的事情，比如下水道堵了几天终于来人修了，小巷的路灯坏了居民夜里出行不方便，谁家新下的小狗仔只有三条腿……诸如此类，都是些琐碎事情。虽然与群众的生活关联还算密切，但总是略显平淡，缺乏轰动效应。为此，台长没少批评小易和林雪。小易委屈地说：“人家提供的新闻就是这些鸡毛蒜皮的小事，我能有什么办法?”台长不高兴地说：“新闻最讲究的就是时效，整天呆在台里守株待兔，接到电话再赶去，还不成了马后炮。”

台长如是说，小易和林雪便不再呆在台里等新闻，拿着采访话筒扛着摄像机走街串巷，掘地三尺找寻新闻。就是这样，拍回来的新闻也大多是琐碎的事。小易心里也是烦得要命。

这天，小易、林雪正在下角街采访一家小酒店老板拾金不昧的事，正采访着，街面上突然乱了起来，很多人都往一个地方涌。小易拉住一人问：“老兄，出什么事了?”那人边跑边说：“着火了，八角塘着火了。”

八角塘可是个热闹的地方，店埠云集，发生火灾还了得。小易一震，一股激动的心情涌上心头，拉着林雪就往八角塘跑。小酒店老板呆愣在那里，不知发生了何事。

赶到八角塘时，靠南的一片店埠已是浓烟滚滚、火光冲天，不时有救火车拉着急促的警笛呼啸而来，消防队员们紧张有序地灭火救人。小易抑制住激动的心情开始工作，摄像机不停歇地转动，而林雪也随着摄像机的镜头紧张播报着，等台长得到火灾的消息打来电话时，小易和林雪已经忙乎了好一阵子了。

就是这样一条时效性非常强的新闻，台长竟然说了这样一句彻底否定小易的话。

小易的脸红了，不敢吱声。

台长接着说：“这条新闻时效性非常强，消防队员不怕牺牲奋勇灭火救人的主线，选得也不错，但是，在关键时刻，小易的摄像偏离了主线。”说到这，台长将带子倒了一段，然后继续放。林雪的声音配着镜头：“一位年轻的消防战士冲进火海，将一个七八岁的小孩抱在了怀中，正准备往外冲时，一块广告牌掉了下来，重重地砸在了战士的身上，战士和小孩都摔倒在地。”镜头与林雪的声音接合得严丝合缝。就在林雪播着“又有人冲上去了，在浓烟火海中，这人一只手抱住了小孩，一只手搀扶起了消防战士，跌跌撞撞地冲出了火海”这段时，镜头却突然闪开了，镜头里全是熙熙攘攘看热闹的人群。

台长按下暂停键，对小易说：“你做摄像也不是一天两天了，镜头怎么会没有跟住如此关键的时刻?”

小易讪讪地笑，仍旧没有作任何解释。

这时，林雪说话了。林雪说：“台长，你别再批评小易了。”

台长虎着脸说：“怎么了？批评错了?”

林雪说：“也不是批评错了，可你知道当时冲进火海的人是谁吗?”

台长问：“是谁?”

林雪答：“是小易。”

“小易!”台长沉默了。过了一小会，台长摸出盒烟来，扔给小易一根，然后自己点上一根，吸了两口，摇了摇头，仍对小易说：“真的，我没有说错，你真不是个好记者。”说完，扬长而去。

几天后，出乎很多人的意料，小易成了新闻部副主任。

认识杨地地

杨地地，名字好记。不过，就算是叫其他名，我也能记住。毕竟，人家是领导，而且是很有权的领导。

认识杨地地是在我们单位食堂。

我本不算个人物，可因为一手好字，很幸运地被叫去陪客。当然，陪的就是杨地地。

杨地地也写字，水平如何我没看过，不好评价。但大家都说好，吹捧的话让人起鸡皮疙瘩。杨地地在大家的吹捧下，很惬意接受敬酒。

我没有敬，但杨地地敬了我，而且是“打的”过来敬的。

杨地地说，慕名已久，我得称呼您为熊老师。我干了，您随意。

酒桌上有人起哄说让杨地地留下墨宝。

便有人准备了纸墨笔砚。

杨地地却不动笔，说，熊老师是大家，请熊老师开笔。

我推辞一下说，那我就抛砖引玉。我写了一幅字，楷书，李白的《朝发白帝城》。

大家鼓掌。鼓完掌后杨地地啧啧称赞，大家就是大家，熊老师的砖一出，谁敢称玉？

话是这么说，杨地地还是写了。《关山月》，也是李白的诗，却是行书。让我惊讶的是，杨地地的字写得好，就行书而言，不在我之下。

杨地地说，不会是吹捧我吧？

我说，肺腑之言。

杨地地便握住我的手，遇见知音一般。

让我没想到的是，这以后，杨地地约过我几次，说是向我请教。说实话，我还是有点受宠若惊。

杨地地写字其实有些年头，年轻时就喜欢，还得过几次各种各样的奖项。因为字写得好，被一个同样喜欢写字的领导看中，便步入了仕途。杨地地说当官就是这样，扼杀个人爱好，没时间练笔不说，还不便参加书法类活动。杨地地还挺羡慕我，说我可以做自己喜欢的事，是人之幸事。

我说以您的水平潜质，如果能沉下心来，假以时日，定是书法界一朵奇葩。

杨地地说，没这福分喽。有时，真想到一个清闲单位弄一个闲职，一门心思写写字，抽空跟书友们交流，这活法，那叫一个舒坦。

杨地地说这些话时，肯定没有想到，他所向往的日子会如此快地成为现实。过了大约不到一年，杨地地提拔了。虽然是提拔了，却是一个清闲单位；虽然是副职，却是个闲职。

我去新单位看望杨地地时，他正趴在一张挺大的桌子上练字。

看得出杨地地心情很好，一点不失意，还说，盼这一天有年头了，终于得偿所愿。

杨地地写字进步很快，说日新月异可能过了点，但要是隔个三两个月再看，肯定让人耳目一新。

我有些惊讶，说再写下去，要不了两年，我就得拜您为师了。

杨地地不无惬意地说，还是这样好啊，没有会，没有应酬，没有烦心的杂事，可以静下心写字。还感触地说，人生如此，夫复何求！

那段时间我经常跟杨地地结伴去参加一些书法界的活动，包括本市，也包括外省，而我俩的关系也越发亲密了。

就这样过了不到一年。我一个同学调到我们这当领导。我这同学也喜欢书法。曾有一个周末，我请同学到家中小聚，写几幅字畅想当年的理想。

我不知道是偶然还是刻意，反正杨地地不请而至。

对于同样喜欢书法的杨地地，同学还是显得很随意。我感觉那天的气氛很好，纯粹是以字会友般的交流。

虽是同学，但我们之间差距不是一点点，所以在那之后，我跟同学很难得过面。甚至跟杨地地见面也少了。电话问之，杨地地只说忙，还说抽空再联系。

当然，杨地地也曾主动约过我两次。

一次是杨地地约我到沁园农庄喝酒写字。

我赶到沁园农庄时，看到我那同学在泼墨挥毫。而杨地地在一旁牵着宣纸，神情恭恭敬敬。

还有一次，在庆丰路的“九月奇迹”，杨地地请我。

就我两人，在偌大的包厢里奢侈地挥霍着。

酒过三巡时，杨地地一脸无奈地说，唉，又要告别清闲的日子喽！

我说，怎么了？又委以重任了？

杨地地说，什么委以重任，还不是平调。不过，还是要谢谢你。

说着，杨地地端起酒杯敬我。

酒我是喝了，但心里想，干吗敬我？跟我有什么关系？

最黑的那个就是

那年盛夏，阳湖大水，成百上千的老百姓上堤抗洪，顶着炎炎烈日扛沙包打木桩，那场景，用热火朝天形容一点也不为过。

领导带着一群人巡视到这里，看到这场景便有些感动。领导叫住一个老乡问，老乡，你们是哪个乡的？老乡说，青水的。领导又问，你们乡长来了吗？老乡说，刚才还看到呢。便四下眺望，指着远处的一群人说，呶，在那边。领导顺着老乡的指引边找边问，哪个呀？老乡说，最黑的那个就是。

一行人便走过去，几个晒得漆黑的男人在商量事，其中一个漆黑如墨。领导过去问那人，你是乡长吧？

那人果然回答，是，我是青水乡的平乡长。

有一个记者，对这事感触特别深，回去后写了一篇通讯，标题叫做《最黑的那个就是》，介绍了被烈日晒得漆黑如墨的青水乡平乡长抗洪抢险的先进事迹。

那位巡视的领导也看了这篇通讯，看完之后自言自语，这样的基层干部，是能够为老百姓办实事的。

抗洪抢险结束后，平乡长就成了平副县长，分管水利。

那年的水灾也确实是大，境内的防洪工程垮塌了一大半，上面拨了上亿资金用于防洪工程的修复和重建。

有项目，有资金，便有利益，很多人都想分到一块蛋糕，挖空心思托关系找路子。但一到平这一关，便戛然而止，谁也没得例外。

那会，平副县长便有了一个外号——黑脸包公，但平不喜欢这个外号。不过三十出头，原先虽然不白，却也没这般黑，医生说是烈日下晒得太久，色素沉着，难以恢复庐山真面目。

有人介绍平到上海一家医院去治疗，这人是平的朋友，虽然也做项目，但从不找平的麻烦。

那段时间平个把星期就得去一趟上海，让医院那台进口仪器在黑脸上捣鼓，每次朋友都陪平一块去，帮着平挂号付钱。前后三个月，还真有了效果，那张黑脸变成了白脸。平说，还真划算，才花了一万多。朋友说，一万多，那是你付的，零头都不够。拿出一张发票来，上面的金额是十四万五千多。

平顿时傻了眼，有些惊惶失措。

平那时还不是很有钱，一时半会拿不出这许多钱来还朋友，可这人情实在是太大，怎么也得报答人家。可怎么报答呢？不要平多想，过不多久朋友就找了平，点名要一个一千万的防洪项目。平考虑了一个晚上，便答应了朋友。

那以后，朋友还给平送了钱，平不想收，可硬直不起来。

平的朋友不止一个，还有其他朋友，还有朋友的朋友，于是这些朋友们再给平送钱要项目时，平虽然踌躇，但已经不再坚决了。

没有不透风的墙，平收钱的事不可能没人察觉。那些给平送过钱的朋友也揶揄平：还黑脸包公呢，黑还行，要说包公，差老鼻子喽。也有人写举报信告平贪污受贿，上面也派人来查过，可平是市里的标杆，怎么可能查出问题来。

后来平便成了个贪官，无论谁想做项目，六亲不认只认钱。

又隔了两年，又是盛夏，阳湖照例发大水，不过比起那年的大水来，小巫见大巫而已。但就是这小巫却让新建的防洪工程出了丑，连泵房带大堤的整体垮塌了一大段，十几个村庄几千亩良田被淹。

垮塌的大堤正是带平看脸的朋友建的。纪委将平的朋友秘密弄了起来，平的朋友便将平出卖了。

纪委去了几个人到县里对平“双规”，但平在垮塌的防洪堤上指挥抢修。赶到那里时见几百人在扛沙包打木桩。纪委的人不认识平，叫住一个老乡问，老乡，看见平副县长么？老乡说，刚才还看到呢。说着，便四下眺望，然后指着远处的一群人说，呶，在那边。纪委的人顺着老乡的指引边找边问，哪个呀？老乡说，最黑的那个就是。

纪委的人朝那群人走去，走到跟前，见一个脸很黑的人便问，你是平副县长吗？黑脸的人指着边上一个腆着肚皮指手画脚的人说，我不是，他才是平副县长。

奇怪，这人脸很白，一点都不黑。

多年之后

张成昱是个好人。换成官场上的话说，张成昱是个正派的人，至少陈辉是这样认为的。所以当夏敏提出给张成昱送点钱意思一下时，陈辉不但没有同意而且一股无名火腾地窜了出来。

不行，绝对不行。

怎么不行了？这么些年不都是这样做的么？夏敏把眼睛瞪得老大，像看怪物一样盯着陈辉看。

别人也许可以，张成昱肯定行不通。陈辉手一挥，很用力地一挥。

夏敏还想说什么，见陈辉的样子，便没有说。

俩人便都沉默，气氛不是太好。

一会，夏敏想了想说，要不，我帮你约一下，你们见个面，相机行事。

这样行么？陈辉也冷静下来，但还是有些迟疑。

夏敏手一摊，试试看吧，要不你想办法。

陈辉没有办法，或者说没有其他更好的办法。

夜里，比约定的时间早15分钟，陈辉来到“名将”咖啡屋，在夏敏事先定好的包厢里等张成昱。过了约定时间15分钟，张成昱便推门进来了。

一见面，陈辉便感觉张成昱没有认出他来。

张成昱跟陈辉握了手，说是握手，其实是陈辉用劲握着张成昱的手，然后张成昱便在沙发上坐了下来，接过陈辉递上的“1916”，微微侧过脑袋让陈辉点着，很舒服的样子吸了一口。

你就是陈总？张成昱端起咖啡杯细抿着。

在张局长面前，我哪敢称什么陈总，您叫我小陈就可以。陈辉将身子探过去说，项目已经做了将近一半了，才来拜访您，我先给张局长赔不是了。

张成昱嘴角闪过一丝冷笑，陈总是大老板，到处都有项目，怎会为我们这个小项目操心。

不敢，只是最近杂事缠身，才怠慢了。陈辉赔着笑，表情有些尴尬。

张成昱自然看得出陈辉的尴尬，心里得到些许满足，又喝了口咖啡，然后慢条斯理地问，说吧，找我什么事？

陈辉依旧赔着笑说，张局长，最近资金有些紧张，能不能请局长给支付一些工程款。

这事啊？张成昱看了陈辉一眼说，工程款没问题，只是最近手头上有些紧，过些日子再说吧。资金的事，你自己先想想办法。

陈辉说，确实是没有办法，如果资金能调配过来，怎么好意思麻烦您，再说，按合同也应该……说到这，陈辉停了下来，因为张成昱用手势打断了他。

张成昱说，陈总在生意场上厮混了这么些年，自然能有办法。

张成昱的话说得意味深长，话中的意思陈辉不会不明白。他摇了摇头，有些无奈，有些伤感，静默少许，从包里拿出只鼓鼓囊囊的档案袋来，放在张成昱的跟前。

张成昱便笑了，笑得很灿烂。

好！没其他事，我先走了。张成昱站了身来，伸出手跟陈辉握手道别。

陈辉握着张成昱的手，终于忍不住地问了一句，张局长，您真的不记得我了。

我们见过吗？张成昱有些疑惑。

陈辉说，很多年了，那会您还在市监察局当科长，我父亲陈邦建的案子就是您办的。

张成昱想了想，然后一副恍然大悟的样子说，哦，想起来了，有十多年了吧，那会你还是个毛头小伙子，长得跟瘦猴似的，现在都成了胖熊猫了。怎么样，你父亲还好吧？

还行，出狱以后跟我在上海。陈辉接着说，虽然您办了我父亲的案子，但我们一家人还是很感激您的。

陈辉之所以说感激，张成昱心里自然明白。在办案过程中，陈辉的母亲突发急病，当地医院无法医治，张成昱得知后，不但将陈建的母亲送往上海，并通过关系住进了华东医院，还从朋友那里借钱给垫付了好几万的医药费。

没什么，办你父亲的案子，是我的职责所在，而为你母亲治病做些力所能及的事，也是我们应该做的。张成昱说，说得很淡然。

您当时就是这么说的。陈辉喃喃自语。

我当时说过吗？张成昱问。

我母亲出院的日子正是我父亲判刑的日子，那天夜里我跟母亲到您家，给您带了些东西，可你怎么都不肯收，当时便说了这些话。您还对我说，陈辉顿了顿，看着张成昱接着说，我记得你当时还对我说，小伙子，今后走向社会可不要向你父亲学习，做人一定要襟怀坦荡。

我说过吗？张成昱低下头，像在思索什么。

陈辉也低着头，像在思索什么。

我走了。张成昱死劲握了一下陈辉的手，转身就走，而那只装满钱的档案袋却静静地躺在咖啡桌上。

张局长，您的东西。

明天让夏敏来局里办手续。张成昱挥了挥手，极为轻快地走出了名将咖啡屋。

陈辉随后也出了咖啡屋，钻进了等候在外的保时捷，将手中的档案袋砸在夏敏的身上，恶狠狠地说，以后，少来这些歪门邪道。

走多了夜路撞见了鬼

有一天夜里，我在河边散步的时候，遇到一个熟人。熟人看见我时说了一句很奇怪的话，熟人说：“你还敢晚上出来散步呀？你不怕撞见鬼呀？”

我说：“胡扯，这世界上哪有鬼，要撞见鬼也是你，看你经常走夜路，保不准哪天就真的撞见了鬼。”

我说熟人经常走夜路是因为他跟我一样，为图个清静自在，总是夜里10点钟以后才出来散步，因为熟人和我都是领导，认识的人太多，晚饭后如果太早出来散步，一路招呼都应付不过来。

“你别开玩笑，和你说真的，真有人撞见鬼了，千真万确的事，不过这人不是我。”熟人加重语气强调说。

熟人虽然一副很认真的样子，但我仍然认为熟人是在逗我，便问熟人：“那你说说，撞见鬼的人是谁？是撞见吊死鬼了，还是撞见淹死鬼了？”

熟人四下看了看，然后伏在我耳朵边小声说：“前些日子有个女人跳河自尽，这事你知道吗？”

女人跳河自尽的事，是这段时间街谈巷议的焦点话题，女人跳河的原因有多种版本，但传的最多的是这女人因一块宅基地的事与人打官司，因为官司输了，女人想不开，就跳河自尽了。

我说：“地球人都知道，我自然也不例外。”

熟人又问：“法院一位姓莫的副院长你认识吗？”

我说：“怎么不认识，就是那个子很大，架子比个子更大的莫大院长，他不也和我们一样，每天晚上出来散步的吗。”

熟人说：“就是这位莫副院长，看见这女人了。”

我笑了，笑得很开心：“准是莫大院长散步散到阴曹地府了，不然怎么能看见死人。”

熟人很认真地说：“真的，没骗你，莫副院长的小舅子亲口跟我说的。”

熟人的神情很特别，一点都不像是在我开玩笑。熟人接着说：“莫副院长的小舅子说，这些日子，莫副院长连着几个晚上散步的时候都看见了这女人，就在前面不远的地方，女人站在河边，穿一袭白衣，想着心思的样子，看见莫副院长，便死死地盯着，还说那眼睛冷得，跟小刀子一样，看的人心里直打战。”

我说："八成莫副院长花了眼，这世上长得差不多的人多得是。"

熟人又说："莫副院长的小舅子说，开始莫副院长也是这样想的，可是后来有一次，女人竟然和莫副院长笑了，还过去和莫副院长打招呼。莫副院长的小舅子还说，女人和莫副院长打招呼的时候，把莫副院长给吓得，整个一个花枝乱颤的，末了女人硬塞给莫副院长一个红包，一个很大的红包，然后像幽灵一样消失了。"

熟人顿了顿，再接着说："莫副院长神情恍惚地回到家里，拆开红包，你猜里面是什么，整整一叠冥币。"

我又笑了，笑得更是开心："你就编吧，你曾经编过剧本，再编出一部新聊斋来我也不会奇怪。"

熟人仍坚持了好一会，可任凭熟人说破大天来，这事我也是不可能相信的。熟人无奈，说一句信不信随你，便匆匆地走了。

这以后，我还听人说起过莫副院长撞见鬼的事来。有一次我在单位门口遇见了莫副院长，我见他除了略显憔悴外，也看不出有什么异样来，本想问一下撞鬼的事，一想我和他原本不是太熟，怕人不快，便没有贸然开口。

个把月后的一天，我看到一份内部通报，通报上说法院的莫副院长犯事了，在别人打官司的过程中贪赃枉法、收受贿赂达数十起之多，其中就包括跳河女人的官司。那女人其实是给莫副院长送了钱的，但对方送的更多，于是女人的官司便输了，于是输了官司的女人便跳河自尽了。

通报上还说莫副院长是投案自首的。

那天整个单位说的都是莫副院长的事，有一种说法是自打那女人投河自尽后，姓莫的是冤鬼缠身，晚上总做噩梦，整天都神经兮兮的，精神上实在是受不了啦，便跑到纪委投了案。

也就在那天夜里，我和往常一样，10点过后便出门散步，在河边时遇到一个熟人。熟人这段时间经常找我办事，熟人陪我散了一会步，见边上没人，便将一个红包塞进我的口袋。这种事我是经常遇到的，也没有丝毫诧异。

熟人走后，我一个人仍在河边散步。走了一会儿，手机突然响了，我接通手机，原来是那位告诉我莫副院长撞鬼的熟人打来的。

熟人问："你在干吗？"

我说："还能干吗，和往常一样，散步呗。"

熟人惊讶地问："你还敢晚上散步呀？"

我说："怎么了？"

熟人说："你就不怕撞见鬼？"

我愣了愣。

熟人又说："你当心点，少走点夜路。"

……

表哥销烟

我跟一个朋友去兴县办事，找了一下这个县新上任的戴县长办了点小事，然后顺便去看了一趟做小生意的表哥。

表哥是做烟生意的，店面不大，只有十几平方米。表哥说生意马马虎虎，不过维持日常生计。我扫了一眼柜台里的烟，不过是一些中低档货色，便建议表哥进一些高档烟。表哥摇摇头说高档烟主要靠公款消费，得有关系，不然销不动。

这时，跟我一起来的朋友突然问，你这有西京烟么？

表哥说，西京烟可得一千多块一条，太贵，不好销。

朋友说，快过年了，你进一些西京烟来，多进一些，肯定好销。

我有些疑惑地问，你怎么知道？

朋友说，你没有注意么，刚才戴县长抽的是什么烟？

我拍了一下脑袋，恍然，也对表哥说，没错，戴县长抽的就是西京烟，你赶紧去进一些来，今年过年生意肯定差不了。

表哥仍不明白，说，我又不认识戴县长，他怎么会来我这买烟抽，你算他会来，凭他一个人能抽多少。

我笑着说，你照办便是，另外将招牌换一下，就叫西京烟专卖。

表哥虽然仍旧有些吃不准，但还是答应了。

这事，过后我也没有放在心上。春节前，表哥竟然破天荒到我家，还送来一些年货，其中还有两条西京烟。

表哥告诉我，他按我们的建议，将店名改成西京烟专卖，并进了好几件西京烟，开始还担心会砸在手里，不想生意是出奇的好，每天都能销出去一二十条。表哥还说，现在兴县的干部大都抽西京烟，官大的抽一百多块钱一包的，官小的抽五十块一包的，再小的便抽那种三十五块的。如今兴县的西京烟比市里都贵，尤其是那种高档的，一条贵三四百。

表哥说时是眉飞色舞。

次年下半年，我再一次到兴县办事，表哥热情地接待了我。才一年多的功夫，表哥的生意明显做大了，店面比原先大了一倍还多。柜台里、货架上全是西京烟，表哥还说快过年了，他把所有资金全进了西京烟，到时肯定能大赚一笔。

表哥说，吃水不忘挖井人，要不是你们的金点子，我也不能有今天。

临走的时候，表哥硬塞给了我两条西京烟，还让我在市烟草公司找找熟人，想办法帮他再进一些西京烟，说是兴县烟草公司早就断货了。

回到市里，我找了一个市烟草公司的朋友，可朋友说市公司所有西京烟，几乎全让兴县调去了，暂时也没有货，但已经到省公司去调货了，等货到了一定给我留一些。

转眼已近年关，朋友给我打来电话，说是有货了，让我去提货。

我正准备去烟草公司时，便接到表哥的电话。我以为表哥是催货的，忙告诉他说，我已经搞到了一些西京烟了，正准备去提货。表哥急促地说，别提，千万不要去提货。

我问，怎么了？你自己又进到货了？

表哥说，不是，现在西京烟根本就销不出去。

我又问，怎么会这样？

电话那边，表哥叹了口气，再说，你不知道呀，那个戴县长被纪委“双规”了。

……

查无此人

杨老七刚把会议室的门推开一条缝，就过来一个胖子，把他推了出去，“乱闯什么，没见乡长在作报告吗?”

杨老七忙说：“我找人。”

胖子问：“找谁?”

杨老七说：“找阿水。”

“阿水?”胖子想了想，“没这个人。”

杨老七说：“怎么没有呢，他是乡里的……”杨老七没继续说下去，因为胖子已经进了会议室。开门关门间，杨老七见一个人在主席台上讲话，杨老七估摸着这人就是乡长。

杨老七想，待会问问乡长，乡长肯定知道阿水。

于是，杨老七就蹲在会议室门口等。

等了很久，终于散会了，很多人都呼啦啦地往外走。

那胖子看见杨老七，很不耐烦地对杨老七说：“怎么还在这里? 不是跟你讲了没这个人吗。”

杨老七说：“我想问问乡长知道阿水不?”

胖子说：“乡长有空管你这事。”

“谁说乡长没空管了?”这时刚才在主席台讲话的人走了过来。这人对胖子说：“什么态度? 才开的机关作风整顿会，就忘到脑后去了?”

批评完胖子，这人又换了副口气对杨老七说：“老乡，我就是乡长，有什么事跟我讲。”

于是杨老七就来到乡长办公室，胖子也一同跟了来。

乡长问杨老七：“老乡，哪个村的，叫什么名字呀?

杨老七答：“我叫杨老七，杨家棚的。”

乡长又问：“找我有什么事?”

杨老七又答：“打听个人。”

乡长再问：“谁呀?”

杨老七再答：“阿水。”

“阿水?”乡长回头问胖子：“阿水是谁?”

胖子说："我已经告诉他了，乡里没阿水这个人。"

乡长就对杨老七说："乡里没阿水这个人。"

杨老七说："不可能没有的，怎么能够没有呢？阿水明明是乡里的干部。"

乡长问："你知道这个阿水的大名吗？"

杨老七答："不知道，都叫他阿水。"

乡长问："他在乡里是干什么的？"

杨老七答："乡里的干部呀！"

乡长问："那你找他有什么事吗？"

杨老七答："也没什么事，就是大家伙想他，让我来看看他，顺便告诉他一些事。"

乡长问："告诉他什么事呀？可以跟我说吗？"

杨老七说："就是那年阿水教我们种的猕猴桃已经挂果，家家户户都卖了好几百块钱呢。后山沟的水渠也修好了，村里的庄稼再也不怕旱了。我也想告诉阿水，我那老三考上了县里的中学，都是阿水给了钱才读的书呢。村西头的杨炎富也让我给阿水捎个话，他那老风湿吃了他的药，已经见好，能下地了呢。还有很多呢，等找到了阿水再跟他说。"

乡长说："这个阿水听起来像个好干部。"

杨老七忙说："怎么是像个好干部，本来就是。"

乡长说："好，本来就是。可他会是谁呢？"

乡长想了想，想了有好一会，然后对杨老七说："你先回去，阿水这个人，我们帮你找，过几天一定给你答复。"

回村的路上，杨老七心里想：这乡长，看起来和阿水一样，也是个好干部。

杨老七离开乡长办公室后，乡长和那胖子还有一段对话。

这段对话杨老七没有听到。

乡长说："把我接待杨老七的事写个材料，马上报到县机关作风整顿办公室去。"

"好咧，我马上就写。"胖子想了想，问："这个阿水，要不要找？"

乡长笑了，说："傻呀，名字都没有，怎么找？"

"好咧。"胖子转身走，刚走到门口，又被乡长叫住了。

乡长说："这件事要做好登记，处理结果要告诉杨老七。对群众来访实行首问责任制、事事有回音这两项制度是机关作风整顿的关键，一定要落到实处。"

胖子回到办公室，将乡长接待杨老七的事登记在册。

上访群众：杨老七。

事由：找好干部阿水。

处理结果：查无此人。

……

您怎么会在那

“您怎么会在那?”作为合格的记者，新闻背后的新闻不应该放过，但我情知这对于他而言，很难给一个自圆其说的回答。

还是从头开始表述这次采访吧。

采访的对象是一个见义勇为的人。虽然有小悦悦事件，有老人应不应该扶的争论，但关键时刻挺身而出的事迹依旧算不上特别。如果非要找出所谓的新闻点来，那么就是见义勇为的是一名领导。

“您能描述一下当时的情景吗?”我将录音笔摆在他面前。

他有些迟疑：“也没什么，事情经过你不都知道了吗?”

我觉得我应该让他明确这次采访的重要性，所以再次强调这是市委主要领导指示，如果完成不了估计领导会亲自给他说。我不知道这算不算要挟，但他显然明白了我的意思，因为他说：“我知道，这是政治任务，对吗?”

我笑了。

“那晚，我正在森林公园散步。”他尽量让自己显得自然些，“当时，我沿着城中楼的游步道漫步，呼吸着林中清香的空气，梳理一天零乱的思绪。走到一半时，便听到在林子深处有人在喊叫什么。”

我问：“是喊救命吗?”

他挠了挠头：“我还真没听清，感觉好像有人在吵架还是做什么。”

“您什么反应? 冲过去了吗?”我问。

“没有，我当时并没有意识到是有人在犯罪。”他停了下来，摸出一根烟来，用眼光征询我同意后，便将烟点着了，然后很享受地吸一口。“我继续往前走，但那声音越来越大了，隐约一个女人的哭诉声，我才意识到有点不对劲。”

“这时您便冲过去了?”

“怎么能冲过去呢? 也说不定是小情人闹别扭呢!”他咧开嘴笑。

“那是什么因素促使您过去一看究竟的?”我的眼睛里估计此时写着疑惑。

他显然明白了我的意思，“虽然我不敢断定有事，但心里还是些奇怪，当然，你也可以说是好奇心使然，反正我蹑手蹑脚地朝声音传来的方走过去，便听到了哀求声和救命声，很清楚。”

“这时您应该清楚是犯罪活动了，如果选择离开，没有人看见，所以我想知道您当时是怎么想的。”我盯着他问，他的回答对我以后要写的稿子极为重要。

他又笑了，将烟头在烟灰缸里捉捻灭，“如果我说制止违法犯罪行为是一个公民应尽的义务，更何况我还是个领导干部，你应该会很满意。”

“不是吗？”

“我也不知道，事实上我当时什么都没有想，只是加快步伐冲了过去。”他喟叹了一声，回忆当时的情景，“两个歹徒，其中一个手中握着把刀，被抢的是一对恋人，男人已经躺在地上，头上流着血，显然已经负伤，歹徒不顾女孩的哀求，正在撕拉着女孩的衣服，真是丧心病狂。”他重重捶了一下桌子。

这正是我想要的，包括他捶桌子的举动。“我想知道，您当时不害怕吗？一点都不吗？”

他孩子般地笑了，“谁说不害怕，我当时喊住手时，自己都能感觉声音在颤抖，两条腿铅样沉重。”

“但您毕竟喊出来了，也冲上去了。”

“箭在弦上，不得不发。”他用了个成语。

“两名歹徒，而且手持凶器，您怎么就能对付得了？”他细胳膊细腿的，我想象不出他的英武表现。

“你小看我，想当年，我也是练过武的，虽然瘦，筋骨还在。”他捏了捏拳头，“不过，好多年不练了，否则不要说两个，再来两个，也不在话下。”

他说这些话时，我感觉一股英气扑面而来。

“可是，您还是负了伤，但即便是负了伤，您还是夺下了他们的刀，其中一个还被您制服了。”此时，我的眼睛里必定充满着敬佩。

“可还是跑了一个。”失望之情溢于言表。

采访到这，基本可以结束，但这时，我突然想起什么，便问了这么一句话。

“您怎么会去那？”

他脸上的表情突然凝固，顿了顿，摸着根烟来，点着，连抽了几口，显然在想如何回答我的提问。我注视着他，不容他过多考虑。所以他说：“没什么，就是散步。”

“一个人吗？”我问。

“当……当然，是……一个人。”他说话不像开始那般流利了。

“可当时已经快 10 点了。”

“10 点，有那么晚吗？我没注意。”他说，眼睛不看我。

我想了想，决定还是问下去：“你负伤以后，120 和 110 接到的电话都是一个女人打的，这女人是谁？”

“女人！什么女人？”他有些惊惶失措。

“你不认识这女人吗？”我穷追不舍。

“我不知道，我不知道是谁打的电话，我也不知道什么女人。”他情绪焦躁起

来，“今天就到这里，我还有事。”

我看到他站起身来，显然是在下逐客令。我知道今天的采访无法继续下去，很客气地跟他握了个手，然后离开。

那个打电话报警的女人，我在 110 看到了报警手机号码，这个号码恰巧是我一个很好的姐妹所用，而我这个姐妹恰巧跟他一个单位。

此刻，我为稿子如何落笔而伤透脑筋。

共　事

黄成是一个二级单位的头，头的意思就是一把手的意思，虽然是个不大的单位，但总归是一把手，关起门来一言九鼎。不过黄成是个很和善的人，一点也不强权霸道，大事小事都跟张平商量。

张平是单位的副职，也就是黄成的助手。

张平的资格老，之前就是副职，单位原来的头退下去，本以为能够接班的，可主管部门将黄成调来当了头。为此张平有情绪，工作上经常不给黄成的面子，黄成找他商量事时，人家说东，他就说西，人家说西，他又说东，经常搞得黄成下不了台。有时黄成有事不找张平商量，自己拍板做主，张平又不依不饶。黄成拍板，他就拍桌子。

黄成忍了张平一年，终于忍不住了，去找了主管部门的领导，要求将张平调走。黄成说，不调张平，就调黄成，反正没法跟他共事。黄成是系统内有名老实人，人说跟黄成共不好事，只能自身找原因。所以主管部门采纳了黄成的意见，将张平调到另一个单位。

对这事，单位内外都很理解黄成，都认为怨不得人家黄成，确实是张平这人，太过胡搅蛮缠不好共事。

黄成新助手名字叫郑井，却是一点也不正经，当面一套背后一套。举两个例子吧。

比如单位有一个职工违反纪律，经常上班迟到早退。那会正在抓作风建设，郑井提出扣这名职工的考勤奖。郑井提得有根有据的，黄成自然同意。可过后郑井跟那人说，他本来只想教育教育写个检查就算了，可黄成坚持要按制度办。弄得这名职工拍了黄成好几回桌子。

又比如单位要调整中层干部，有一个平常跟郑井走得挺近的人原本有机会，可郑并却不同意，非要提另外一个人，还说虽然我跟他关系不错，但在干部问题上绝不能感情用事。但过后郑井跟那人说，我跟你什么关系呀？能不力挺你吗？可我毕竟是副职，说话不算数。

那么谁说话算数呢？这以后，这人从没给过黄成好脸色。

不到一年，黄成又去找了主管部门的领导，说郑井人品不行，搬弄是非破坏团结，没法共事。坚决要将郑井调离。

主管部门再次采纳了黄成的意见，将郑井调到机关，同时又给黄成派了个叫李文彬的人。长的是五大三粗，满脸的络腮胡子，说起话来打雷样，一点文质彬彬的影子都没有。

李文彬原先在别的单位当过一把手，凡事喜欢做主，一句口头禅挂在嘴上：就这么定了。其实这也无所谓，黄成本就不是个太要权的人。问题是李文彬业务不熟，是个门外汉，所以经常是乱做主，搞得黄成整天忙着给他擦屁股。这还不算，李文彬工作方法简单粗暴，张口就是粗话，经常把人骂得狗血淋头。胆小的职工见了他，跟老鼠见了猫似的。

那段时间，说单位被李文彬弄得乌烟瘴气的一点也不为过。

让人奇怪的是，这回黄成没有到主管部门去说李文彬的事。

主管部门毕竟不是瞎子聋子，虽然黄成没有去说，对李文彬的所作所为也有所察觉，便决定将李文彬调到一个清闲部门去吃闲饭。黄成得到消息后赶忙跑去找主管部门的领导。

领导见黄成来了，便说，这会不用你提，我们已经研究了，将李文彬调走。

黄成说，不能把李文彬调走。

领导没听明白，你说什么？难道李文彬的那些个事都不是事实？

黄成说，事实倒是事实，不过……

领导打断黄成的话，那不就结了。

黄成仍说，不能呀，你们再考虑考虑，真的不能将李文彬调走。

领导奇怪了，黄成，你是不是怕李文彬会对你有意见，做出点什么对你不利的事来？你放心，我们会做工作的，他毕竟是个党员干部，还不至于乱来。领导还说，你黄成是个老实人，又是个干事的人，我们得给你一个干事的环境。

黄成急了，说，我跟你说实话吧，我来了不到三年，已经换了二个副职了，李文彬再要调走，可就是第三个了。一而再可以，这再而三，人家可就要说我了。

领导问，说你什么？

黄成说，说我黄成不好共事呀！

领导无语。

可不敢再乱说

小易大学毕业后，考上了一个乡里的公务员，当了没两年，在报纸上看到市委一个部门面向全市招考副科长，便报名参加了考试。虽说竞争激烈，可小易竟然考上了。

临报到那天，乡里领导跟小易说，那可是实权部门，油水不少。

小易从政时间不长，而且是在乡里，新去的部门到底如何实权如何油水却也不甚明了。不过，能从一个乡镇小干部一跃成为市委部门的副科长，小易的激动之情无以言表。

上班不久，小易随部门副职到县里调研。一到县里，小易便感觉部门是如何的实权了。刚入县境，便有几辆小车在县界迎接，几个县里领导极为热情地跟副职握手跟小易寒暄，还有人恭维小易说，难得、难得，年纪轻轻就当科长以后必定前途无量。

之后便是调研。

先到一个乡里，无非是听听汇报看看实地，然后是副职作重要指示，完了人家客气，让小易也说两句。可副职已经说得很全面了，小易还能说什么呢？而且既然副职都重要指示过了，小易再说话也有些不妥。可人家依旧客气，就连副职也鼓励说，小易，你就说几句，也算是个锻炼。好在下来调研之前小易是做过功课的，知道这乡里红花茶油产业小有名气，便说，领导都说得很全面了，我真没有什么可说的，但我听说乡里的红花茶油很有特色，色泽清纯、品味纯正，而且营养丰富，可以说是真正的纯天然绿色食品，我觉得这个产业一定会很有市场。小易还说，我们家可是天天都吃你们产的红花茶油，确实很不错。

其实小易也不过是随口一说，而且小易单身一个，天天吃食堂，压根不知道红花茶油长什么模样。

临走的时候，乡里领导往小易他们的小车屁股里放了好几盒红花茶油。

车上，副职沉着脸批评小易乱说话。小易很奇怪，说我没乱说话呀！副职说，还没乱说，你说人家红花茶油怎么好，还说家里天天吃，这不是“发轮子”吗？

小易想想也对，红着脸不敢吱声。

又到一个乡里，依旧是听听汇报看看实地，依旧是副职作重要指示，依旧是人家客气地请小易也说几句。这回小易学聪明了，坚决不肯说，而且领导也没有

再鼓励小易。

午餐是在乡里食堂用的，虽说乡里食堂，菜却是很丰盛，其中一道红烧野鸭，味道极为鲜美。小易一连往嘴里塞了好几块野鸭，边吃边说味道好极了，丝毫没有注意到副职的脸色又多云转阴了，更没有留意到乡里领导将办公室主任叫到一边私下交代了什么。总之，临走的时候，办公室主任往小易他们的小车屁股里放了好几只活蹦乱跳的野鸭子。

副职跟乡里领导握手道别上了车，上车也不看小易，只说了一句，有好吃的都堵不住你的嘴。小易情知领导是批评他，低着脑袋不敢辩解。

副职的作风很踏实，中午没有休息，马不停蹄又赶到一个乡里调研。依旧是听汇报看实地副职作指示，整个过程小易基本是一言不发。用餐时小易也只顾低头吃菜，听人家喝酒聊天。男人聊天尤其是喝酒聊天，自然离不开女人，即便是领导也不例外。小易原本喜欢说话，对女人的话题也是兴趣盎然，便想插嘴，想了想又忍住了。小易欲言又止的样子被副职看在眼里，便问，小易，你想说什么呀？小易低声答，没……没有，我……我可不敢再乱说了。副职笑了，想说什么就说吧，不用太紧张。其他人也说，是啊是啊，聊天而已，怎么是乱说呢。如此，小易便说，都说你们这里出美女，可这一桌子全是男人，一个美女也没有呀！话一说完，满桌子都静默了。少顷，大家便笑，不过，笑得有些尴尬。

乡里离县城不远，晚餐过后小易跟着副职赶往县城，一路上副职虽没有批评小易，却不说话，小易自然也不敢吭声。

这夜便在县城最好的酒店入住，小易洗了个澡，然后在房间看电视。正看着时，下午调研的那个乡里的一个领导来了，让小易去唱歌，还说领导们已经先去了。小易便随着乡里领导来到酒店里的歌厅，推门一看，包厢里好几个美女，副职正挽着一个少妇的细腰，扯着鸭公嗓子唱夫妻双双把家还。看到小易进来时，副职极为兴奋地说，小易，快来、快来……

领导就是服务

领导心血来潮，突然想到车盘公路上去看看。

小易是领导秘书，自然跟着领导一块去。

车盘公路是在建项目，工程进度要求紧。领导一到工地便不高兴了，工地上一点也没有领导所希望看到的热火朝天，只零零星星的三两工人干着杂活。

领导沉着脸赶到工地指挥部。指挥部的小领导看到领导不高兴的样子，一个个都诚惶诚恐，赶忙按照领导的要求，紧急电话通知所有标段的承建方负责人过来开会。

于是领导现场办公，一个个标段问过去了解情况。领导还说："有困难尽管提，我今天来就是帮你们解决困难的。"

A1标段是外地路桥公司承建的，A1老板说："目前我们的工程进度之所以慢，主要是工程机械还没有到位，尤其是挖机，至少还得半个月才能从其他工地调配过来。"

领导说："挖机好办，你不可以在本地租几台么？"

A1老板说："可以倒是可以，可我们不是本地人，一时半会找不到合适的。"

领导说："这不是问题，我可以帮你联系。"

领导说到做到，立马打电话帮A1标段联系了本地一家工程机械租赁公司，这公司二话没说，答应马上开几台挖机到工地。

A2标段倒是本地的路桥公司承建的，A2老板说："我们公司工程机械倒是没有问题，就是缺少工人，领导知道的，公司在其他地方还有两个标段在建，工程也催得很紧，等过了这阵子大队人马就可以拉过来。"

领导说："工人好办，我可以出面帮你联系一支工程队，具体怎么合作你们自己谈。"

说着领导又挂了一个电话，接电话的人在电话里说他手上人手也紧张，但领导出面，再紧张也得给领导面子。

A3标段承建方也是个外地路桥公司，A3标段老板不在，但项目经理在。A3项目经理说："我们这标段不缺机械不缺工人，却是资金有点紧张，不知项目部能否先预付一点解燃眉之急？"

领导说："工程款上级是按进度拨付的，目前资金还没有完全到位，项目部也紧张，你们还得自己想想办法。”

A3 项目经理说：“想了，一时想不到好办法。”

领导又说：“要不我帮你们融点资吧？”

于是领导再次拨了个电话，电话是打给一个投资公司的，这公司也很爽快，说领导的意见那就是指示，答应马上就安排500万过来，按最低利息，算2分。

接着领导还帮其他几个标段协调解决了几个问题。完了领导问：“还有什么困难么？有什么困难都提出来，我一定帮助解决。”

几个标段的老板经理都感激涕零地说：“真是太感谢领导了，有领导这种竭尽全力的支持，要不了几天，保证全线开工，保证不耽误工期。”

领导说：“你们也不用谢我，领导就是服务，谁让我是领导呢！为你们服务是我应该做的。”

在场的小易看在眼里，记在心里，并为领导如此实干的工作作风而感动。回去后，小易开夜车赶写了个通讯稿，标题便是《领导就是服务》，副标题为《领导车盘公路现场办公为建设单位排忧解难纪实》。文章发表在市报头版。

文章发表的当天，领导将小易叫到办公室，将报纸摔到小易的脸上，骂道：“谁让你写的？吃了熊心豹子胆了，没有经过我的同意，就敢乱写。”

小易丈二和尚摸不着头脑，虽不敢出言顶撞，但心里说：“我没乱写呀！我写的都是事实呀！”

小易不知道领导为什么发火，更不知道的是，那段时间，上级纪委正在对领导开展秘密调查，却苦于找不到切入点。小易写的那篇通讯恰巧被纪委的调查人员看到了，便抱着试试看的态度，对小易文章中所提到的投资公司、租赁公司以及工程队等展开了调查，这一查，便查出这几个地方领导都有股份，而且是大股东。

这样，领导便出事了，被上级纪委“双规”了。

上级纪委来人将领导带去“双规”时，小易也在场，其中有一个纪委的人对小易说：“你就是秘书小易吧？谢谢你给我们提供了这么有价值的线索。”

小易一听，一脸的哭笑不得。

你给下属来送礼

说实话你原先当领导的单位确实一般，级别不低工作不少但权力不大实惠不多。不过手下还算有那么几十号人十来条枪，虽然没有多少受贿收礼犯错误的机会，但逢年过节红白喜事生病住院，总还是有那么些个下属，会给你送一个不大的红包，或者弄两条好烟，或者拎两瓶茅台五粮液的，再不济也会借出差下乡的机会，带一些茶油茶叶、贡米香米或者花生黄豆什么的，以此表表他们的孝心和忠心。虽然发不了财，你也根本没有想过靠这些发财，但是，能让你作为领导的自尊心或者说虚荣心，得到些许的满足。

谁都知道你一直在动用一切能够动用的资源，想尽一切可以想到的办法，争取能够早日脱离苦海，从糠箩跳到谷箩，甚至米箩。

都说功夫不负有心人，经过不懈努力，你终于得偿所愿。通过一个同学的同村的同宗的叔伯兄弟出马，你调到了现在的单位做一把手。虽然是平职调动，单位也算不上十分满意，但跟你原先的单位相比较，算不上是米箩，但谷箩的档次还是够得上的。

然而让你没想到的是，新官上任的第一个中秋节，竟然没有一个下属给你送礼，家里冷清得能听到月宫里嫦娥的幽幽哀怨。娇妻一边啃着亲自从超市购买的月饼，一边数落着你，看你这官当的，连月饼都没人送一个，还不如辞职弄个非领导职务，至少不用每天早出晚归。

你百思不得其解，想不通现如今竟然还有如此这般不食人间烟火的世外桃源。于是，你开始调查研究，旁敲侧击地找人谈话了解情况。不费吹灰之力，你就察觉了其中的原委。

在你之前，这个单位的领导是个出了名的清官，且脾气大得惊人，无论是逢年过节红白喜事生病住院，只要有人敢给领导意思意思，哪怕是极小的意思，都会在干部职工大会上公开，并被骂得痛不欲生。这领导在单位“统治”了十几年。久而久之，大家便养成不给或者说不敢给领导送礼的习惯。

得出如此结论，你没有丝毫的怨声载道。善于发现问题是你的长处，善于解决问题更是你的优势。索拿卡要，没有半点技术含量，是你从来都不屑的。所以你积极开动脑筋，运用你那引以为豪的智慧，寻找解决问题的办法。都说困难多办法多困难没有办法多，经过几个不眠之夜的冥思苦想，黑暗中你终于在遥远的

天际，找到了那颗能够指引你前进的启明星。

时光荏苒，日月如梭。不知不觉中，春节如动车般霎时临近。你突然让娇妻去购买了数百斤弋阳年糕。这种虽然名气不小价格却不高的年货，如此数量显然不可能完全自家享用。当娇妻得知你竟然是用来给下属拜年时，可爱的小嘴喷发出来的声音，绝对跟温柔差之何止千里。

你从厚厚的眼镜片后面扫了娇妻一眼，哼一声后再说一句妇人之见，根本不作任何解释。

这以后一连几天的夜深人静之中，你带着娇妻，带着那些享誉全国的弋阳年糕，从单位副职到中层到一般干部职工，甚至连门卫都没有落下，一家一户地登门拜年。你分明感觉到了，所有人在收下你所送的年糕时的那一份惶恐、那一份惊诧以及那一份感动……

在接下来的几天里，你每天夜里都成竹在胸地候在温暖的家中，泡一壶正山小种，哼着小曲或者看着电视，任由娇妻喋喋不休，丝毫不予理睬。

在娇妻的喋喋不休中，终于如你所设计的一般，先是一个、两个，后是三个、四个，再后来便是七个、八个……直到大年三十，悦耳的门铃还多次响起。

看着如山的年货和厚薄不一的红包，娇妻笑了。笑得如狗尾巴花一般。

而此时的你，喝着小酒，悠然自得地哼唱着京剧《智取威虎山》。尽管调子早已跑到偏远山村的姥姥家，怎么也找不到回家的路……

最后一课

很多人都有驾照，有车的有，没车的也有不少人有，所以我想考个驾照也就不算稀奇事。早几年要考个驾照，说是考，其实找个熟人托个关系走个过场就行，可眼下不行了，得正儿八经地考，于是我就到驾校报个名，正儿八经地学。

驾校给我配的师傅叫周跃进，听名字就知道是五八年的。周师傅是个退伍军人，技术好不用说，而且特严肃认真，带我开车就像老师带学生一般，脾气还不好，他可不管你是个什么人物，照样骂，有时骂得我眼泪都要出来，叫嚷着要换师傅。

可我没换师傅，因为驾校校长说周师傅是学校最好的师傅，他带的徒弟，从来都是一次过的，没有一个补考。这样，我便打消了换师傅念头，心想，也就个把月的事，忍忍就过去了，再说，严格一点，总归对自己有好处。

都说严师出高徒，还真是这样的，也就不到一个月，一把车在我手上摆布得可谓是得心应手。周师傅试了几回我的技术，手一挥说，好了，可以去参加路考了。

路考的那天下雨。尽管是雨天，可对我而言没有丝毫的障碍，倒桩、上坡换挡、变挡降速，都是一次过关。考官笑着说，到底是周跃进调教出来的。周师傅听了，脸上也露出些许得意来，我更是乐得屁颠屁颠的。考官说，行了，回去吧，等着拿驾照。

从驾校返回自然是我开车，如许多路考过关的人一样，我一路上也是有些忘形，车开得飞快。雨后的马路有些积水，飞驰的车轮掠过时，积水便如箭般向两旁激射，那感觉，就一个字可以形容——爽。

这天，我请了几个朋友作陪，摆了个简单的谢师宴，周师傅也没客气，还喝了一些酒。酒后的我便和朋友们吹嘘起来，将路考添油加醋地一番海吹。周师傅只静静地听着，没有吱声。

临别的时候，周师傅对我说，明天，我还得给你再上一课。

我疑惑地问，不是过关了吗？怎么还要上一课？

周师傅说，从技术层面上讲，你是过关了，但这一课，我必须得给你上，这也是我给你上的最后一课。

第二天清早，我按照事先约定来到公路边等周师傅。天依旧下着雨，路上到处都是积水。就这时，一辆桑塔纳急驶而来，没有丝毫减速就从我身边开了过去，飞驰的车轮掠过时，公路上的积水便如箭般向两旁激射。我不及躲避，溅得满身都是。

混蛋，怎么开的车。我骂道，下意识地朝车行驶的方向追了几步。没想到的是，车在前面不远的地方停了下来，我骂骂咧咧地冲到车子的面前，正想发作，车上下来一个人，却是周师傅。

我愣了一愣，然后埋怨道，怎么是你？开这么快，弄得我一身的水。

周师傅默默地盯着我，过了一会才说，昨天，你就是这样开的车。

我便感觉有些不自在，支支吾吾地说，是吗？昨天……昨天我没在意。

周师傅又说，这是我给你上的最后一课。

霎时，我感觉脸上火辣辣的。

帮 忙

那会儿宁在县委组织部当干部科长。

这天，宁带着科里一个干部到乡里考察平副乡长。

宁跟平是世交，打小便在一起厮混胡闹，宁提出来回避，可部长说不符合回避条件。如此，宁只好接受任务。

宁到乡里的时候，平自然很高兴，平想，交情摆在那，宁能不为他说好话吗。

宁其实也想为平说好话，可找人谈话时好些个人都说平的坏话，有说平工作方法简单粗暴的，有说平经常好烟好酒大吃大喝的，甚至还有人说平跟乡里一个女干部关系不正常。

平也知道乡里有人对他有意见，猜得到考察时有人会说他的坏话，想了想，还是夜里带两条烟到了宁的房间。

宁说，有话直说，凭咱俩的关系，用不着来这些。

平便说，一点小意思，两条烟不算行贿吧！

宁将烟推到平的跟前说，我的为人你应该清楚。

平不以为然，说，人家送的你可以不收，我跟你是兄弟，兄弟的烟不就是你的烟么？

宁仍不肯收，说既然是考察你，就不能抽你的烟。

平不高兴了，说不收就算了，我自己留着抽，还会发霉不成。气鼓鼓地走了。

宁是个讲原则的人，也是个讲交情的人，汇报时虽然没有隐瞒考察中发现的平的问题缺点，还是帮平说了不少好话。

干部问题有时其实是说不清道不明的，平的考察情况虽然不理想，却还是提拔当了乡长。理由种种，但宁为平说的那些好话多少也是有些作用的。

平却不这么认为。平曾经在酒桌上说，没了张屠夫还吃带毛猪了？姓宁的不抽我的烟，有人抽我的烟；姓宁的不讲交情，有人讲交情。

这话也曾传到宁的耳朵里面。

打那以后，平便不再跟宁有私交了，虽然工作中难免有些接触，也是说些套话打些官腔。

又过了几年。

宁这时已经是市委组织部的干部科长了，而平也是一个重点乡的党委书记。

说来也巧，有一次部里又安排宁去考察平当副县长。宁带着科里一个干部到了平工作的乡，平便有些尴尬，有些忧虑。

平这次的考察情况仍不理想，乡里还是有人说平的坏话，有说平工作方法简单粗暴的，有说平经常好烟好酒大吃大喝的，甚至还有人说平跟乡里几个女干部关系不正常。

考察结束后，宁回到市里，当天夜里平便带了些烟酒找到了宁的家。一些烟酒，这时的宁虽然依旧原则，却也不会当回事了，当平将烟酒搁在沙发边上时，宁装着没看见样。

平说，宁科长，这次还请您帮帮忙，给说说好话。

宁不动声色地说，这叫什么话，我跟你是一起光屁股长大的，不帮你帮谁呀！

话虽这么说，可宁汇报时，自然不会隐瞒考察中发现的平的问题缺点，更没有为平说一句好话。

这回平没有好运气了，不仅副县长没当上，连书记的位置都没保住，调整到县直一个连官带兵两桌麻将都凑不齐的单位当一把手。

那段时间平的情绪不好，经常找朋友喝酒，喝多了就发牢骚，有时也跟朋友探讨那个环节出了问题，以至于烤熟的鸭子飞上了天。

有朋友说，兴许是宁搞的鬼，当年他不就摆过你一道么？

平想了想说，不会，我送他烟酒，他可是没有丝毫迟疑便收下了。

这话也传到宁的耳朵里，真实程度如何，宁无从考证。但可以肯定的是，打那以后，逢年过节，平都会来拜访宁，每次都带些烟酒土特产什么的。

情人节玫瑰

林雪容和傅英俊是大学校友，林雪容喜欢傅英俊，女孩喜欢帅哥，原本就是天经地义。傅英俊偶尔也会约林雪容喝个咖啡唱个歌的，但一定是有其他同学或校友来了。

后来，傅英俊突然经常找林雪容，开着那辆银色标致，带着林雪容去兜风，但林雪容知道，傅英俊是醉翁之意不在酒，而是在于魏小蝶。

魏小蝶是林雪容的同事，林雪容清楚地记得，傅英俊第一次见到魏小蝶时，眼睛就定住了，好一会才缓过神来。

周末，傅英俊给林雪容打电话，约林雪容去远泉农庄摘橘子。林雪容说，还有谁呀？傅英俊说，还能有谁，就我们俩。林雪容的心里头有一只小兔在乱窜。傅英俊又说话了，有些嗫嚅，要不，您约一下那女孩。林雪容问，谁呀？傅英俊便结巴了，就是……就是和你在一起的那个。林雪容的心冷得像块冰。林雪容知道，傅英俊说的女孩就是温柔似水的魏小蝶。

远泉农庄的秋色极美，与魏小蝶交相辉映，而林雪容的心情便如橘园里头青涩的橘子。

那以后，每逢周末，傅英俊就给林雪容打电话，让林雪容约魏小蝶，然后带着林雪容和魏小蝶游山玩水的，灵山的秀丽、龟峰的俊俏、三清山的神奇、婺源的古朴……周边的奇景异色，一个周末换一个地方。

那些日子，傅英俊很快乐，快乐的傅英俊经常唱一首歌，童安格的其实你不懂我的心。魏小蝶很快乐，快乐的魏小蝶不唱歌，总是默默地挽着林雪容，眼睛柔柔的，水一般。林雪容也很快乐，快乐的林雪容喜欢笑，清脆的笑声如山泉，滋润着傅英俊和魏小蝶的爱情。

独处的时候，林雪容便静默，静默得让人心疼。

中秋的夜晚，在钢钹山的小屋边，魏小蝶抬首看着月儿，幽幽地说，今晚的月色真美。傅英俊也说，是啊，今晚的月色真美。少顷，傅英俊又说，要是没有这路灯会更美。

屋边，清风中一盏路灯，极亮。林雪容想起了什么，心里一阵痛楚，站起来，急步进了屋，有泪水止不住挂在脸颊。

怎么了？傅英俊跟了进来，抚着林雪容的肩，轻声问。

林雪容轻轻脱开傅英俊的手，抹了抹眼泪说，我累了，想早点睡。

傅英俊不说话了，慢步走出屋子。

又一个周末，傅英俊一如既往地打来电话，约她们到云碧峰爬山。林雪容跟魏小蝶说，傅英俊约你去云碧峰爬山。

魏小蝶说，约我？没有约你吗？

林雪容说，我有事，你们去吧。

第一次，林雪容没和他们一起去玩，但她从魏小蝶表情中知道他们玩得很开心。

再一个周末，傅英俊又打电话约她们去军山湖吃大闸蟹，林雪容依旧将话传给了魏小蝶。

从此，傅英俊不再给林雪容打电话。

每到周末，林雪容便有一种惘然若失的感觉。

很久，林雪容没有再见到傅英俊，却在梦里经常与傅英俊在一起。

情人节那天，单位上好些个女孩都收到玫瑰花，比玫瑰花更美丽的魏小蝶更不例外。林雪容忍不住地问魏小蝶，他给你送花了吗？

魏小蝶疑惑地问，谁呀？

林雪容说，还能是谁呀！明知故问。

魏小蝶笑了，笑过后说，嗯，再等一会。

等了不到一会，傅英俊就到了，捧着一束鲜红的玫瑰，魏小蝶霎时便笑成了一朵花。林雪容走过去握着魏小蝶的手说，真羡慕你们，我祝你们幸福。又对傅英俊说，我先回避一会，我可不想再做电灯泡了。转身想走，却被魏小蝶拉住了，你走了，这花送给谁呀！

林雪容站住了，不是送给你的吗？

魏小蝶笑了，讳莫如深的笑。

傅英俊默默地看着林雪容，足有十秒钟，然后说，情人节快乐。说着，将手中的玫瑰递给林雪容。

没有丝毫准备的林雪容接过玫瑰，傻傻的不知所措。

魏小蝶笑着说，看来我得回避了。又说，其实，一直都是我在做电灯泡。

林雪容也笑了，很幸福的那种笑。

策　略

我调到办公室，主要是协助郑主任负责接待工作。

上班第一天，郑主任就找我谈话，谈话的内容很多，但核心内容是作为办公室接待人员，决不能假借接待的名义为自己谋取私利。说句实话，对郑主任的话我是没有当真的，以为这不过是对我这个新同志例行公事所必需要的交待。俗话说“靠山吃山，靠水吃水”，在办公室管接待，哪有不借机抽几条烟揩一点油水的道理。但随后我就发现完全不是我所想的那样，因为在这方面，办公室的管理相当严，尤其是郑主任得以身作则做得好，而我，尽管有些贼心，却也不敢随意造次。

公与私，郑主任是分得很清楚的。举个例子，郑主任是本地人，常有些亲戚同学朋友来看他，开始几次，我都很积极地张罗着就餐的事，可郑主任不肯放在办公室接待，甚至还毫不客气地批评我。再举个例子，郑主任是个有些资质的烟枪，别说他从不在单位拿烟，就是来客接待剩下半包烟，也要交给我保管，等下次来客人再用。

不过要说明的是，郑主任决不是那种吝啬小气的人，来客接待，那是有名的大方实在，特别是对兄弟单位的办公室主任，那是标准的有求必应。尤其是到了年关的时候，兄弟单位的办公室主任登门拜访，招待吃喝不算，完了还有烟酒馈赠。用郑主任的话说，都是兄弟单位，免不了有工作上的来往，客气一点，也是为了今后工作方便。

说句实话，对郑主任，我心里头还是不太痛快的。我也算个年轻的老烟民，原来在基层，多少还有些“伸手牌”，调到大机关了，反而要自己掏腰包。平时也就算了，这眼看就要过年，怎么着也得弄几条上好的“粮草”吧。

有了这想法，心里便打起了“小九九”来。

一日，又有兄弟单位的办公室主任来访，在给客人办烟酒时，我顺便就为郑主任备了一份。心里想只要郑主任收下了，我便可以照方抓药。不过，我这如意算盘打得是不错，可郑主任却没给我机会，而且还狠狠批了我一通。

正当我颇有些灰溜溜的时候，郑主任说，难得你还有这份心意，你放心，我不会让你吃亏的，有我的就一定有你的。当时我没有做声，但心里想，有你的就有我的，但如果你自己都没有，就更谈不上有我的份了。所以对郑主任的承诺，我颇有些不以为然。

不过我做梦都没想到，郑主任的承诺第二天就兑现了。兑现的方式也很简单，郑主任自己开着车带着我到兄弟单位转了一圈，兄弟单位的办公室主任们自然也是很客气的，于是我们酒足饭饱返回时，小车后备箱里也就满满当当了。

这回，对郑主任我是真的佩服了，而且是五体投地的那种。

后来，郑主任荣升，我接替了郑主任的位置，办公室又从外单位调来一位新同志协助负责接待工作，这位新同志上任的第一天，我找他谈话，谈话的内容很多，但核心内容是……

谁是阿根

开春的时候，马川就被派到村里去扶贫。

这事，马川是有些情绪的。马川正处在热恋之中，本该陪着女朋友花前月下，可这会只能独自一人呆在小山沟里望月亮了。

有情绪的马川天天掰着指头算日子，盼望着半年时间快点过去。

村里的条件很差，住的地方都没有，于是马川就只好借住在老刀家。老刀的儿子头年结的婚，开年后小两口外出打工去了，老刀就将儿子的新房腾出来给马川住。

老刀话不多，没事的时候就蹲在家门口抽烟。

马川无聊，也会搬一张凳子陪着老刀抽烟聊天解闷打发时间。

有一回老刀对马川说："马科长，你认识阿根吗？"

马川其实不是科长，只不过刚来的时候村干部是这样介绍他的。

马川问："谁是阿根？"

老刀说："阿根也是县里的呀，也和你一样，前几年到我们这扶过贫。"

马川想了想，记不起有什么人叫阿根，就摇摇头说："不认识。"

"不认识呀！"老刀有些失望。一会，老刀又说："如今，像阿根这样的干部可不多啦。"

马川有了兴趣，就问老刀："老刀，为什么这样说呀？"

老刀抽了口烟，说："就说一件事，村东头有个瞎子陈婆，阿根在村里半年，隔天就去给陈婆做事，哪个当干部能做到？"

马川笑了笑，没有吱声。

隔天傍晚，马川散步到村东头，看见一个瞎眼老太婆在屋门口摸索着收衣服。马川想，这就是老刀所说的瞎眼陈婆了。马川想了想，就走过去对陈婆说："陈婆，我来帮你。"就帮着陈婆收衣服。

陈婆问马川："你是谁呀？"

马川说："我是县里来扶贫的干部。"

陈婆"哦"了一声，接着说："县里来的呀！有一个叫阿根的，你认识吗？"

马川说："我不认识。"

"不认识呀！"陈婆有些失望。陈婆说："阿根可是个好人，可惜你不认识他。”

马川听了陈婆的话，竟然也有些失望的感觉。

回到老刀家，看到老刀蹲在门口抽烟，马川就过去对老刀说：“老刀，我到陈婆家了，她也提起阿根呢。”

老刀说：“村里很多人都会提起阿根的，村西头老拐家的闺女秀秀，也是个拐子，阿根差不多每天都背她去隔壁村读书呢。”

马川笑了笑，没有吱声。

第二天早晨，马川在村西头跑步，看见一个瘸腿汉子背着个女孩。马川想，这就是老拐和他的女儿秀秀了。马川想了想，就走过去对老拐说：“老拐，我帮你送秀秀上学吧。”

老拐见过马川，知道马川是县里下来扶贫的马科长，便忙不迭地道谢。马川就背着秀秀去邻村上学。路上，秀秀问马川：“马叔叔，你认识阿根叔叔吗？”

马川说：“我不认识。”

“不认识呀！阿根叔叔也是县里的呀！”秀秀有些失望。秀秀说：“阿根叔叔可好了，那年我读一年级，阿根叔叔可是天天接送我上学呢。”

马川没有搭腔。但马川心里在想，放学的时候要不要接秀秀呢？

这天，马川依旧和老刀在门口抽烟聊天，老刀问马川：“马科长，今天送秀秀上学了？”

马川说：“你怎么知道呀？”

老刀说：“马科长做的是积德的事，我怎么能不知道呢。”

这以后，马川就经常帮陈婆干活送秀秀上学，也经常帮村里做些工作，不再有无聊的时候陪老刀抽烟聊天解闷打发时间，于是时间也过得快了。

转眼到了盛夏，半年的扶贫时间结束了。

马川回县里去的那天，村里好些人都来送。告别的时候，天突然下起了暴雨。有人跑来报信，说村南头山体滑坡了，有好几户人家的房子被压垮了。听到这消息，已经准备上车的马川将行李一扔，冒雨赶到村南头，和村民一起救人搬东西。

这时，老刀拿着件雨衣也赶来了。老刀朝着马川死劲喊：“阿根，阿根。”

马川问：“老刀，喊谁呢？谁是阿根？”

老刀说：“喊你呀，你就是阿根。”

……

强 拆

蒋建家在龙溪村，说是村，其实就在城乡结合部。蒋建是外来户，前后几家都是村里的大户，所以经常受点小欺负也稀松平常。

老肥在蒋建家前面临街的位置建了幢小楼开酒楼，专吃农家菜，土鸡土鸭的，生意很红火。老肥朋友多，三教九流认识不少。用老肥的话说，在这块地盘，我老肥黑白两道通吃。所以老肥很猖狂。猖狂的老肥占用蒋建屋前的菜地盖小平房，一点都不奇怪。

老肥盖的平房是用来做厨房的，整天浓烟滚滚污水横流，蒋建家门窗都不敢开。还让不让人活！蒋建便去找老肥说理。老肥耍横，一脚将蒋建踹出去。蒋建摸着生痛的屁股，屁都没敢放。

当时蒋小涵在家休假。蒋小涵年轻，初生牛犊。可蒋小涵是女孩，不会跟老肥一样犯浑。蒋小涵说，去告他，他这是违章建筑。蒋建苦笑，人家有人，告也白告。

蒋小涵说，你不去，我去。

蒋小涵跑村里，跑街道办，还跑了区里。老肥满不在乎，丫头片子，我老肥是谁？跑断腿也没人管。

让老肥说准了，半个月过去了，真没人管。

蒋小涵就直接去了市城管局，便见到了戴小虎。

戴小虎是城管支队的副支队长，戴一副眼镜，很斯文。没等蒋小涵说完，戴小虎便忍不住了，气愤地说，太不像话了！太不像话了！还说，管他什么来头，只要是违章建筑，非拆了不可。

蒋小涵这次没有失望。第二天，城管支队就来人调查。老肥新盖的厨房是违章建筑是肯定的，连原先建的酒楼都是。老肥托了很多人说情，跑到戴小虎家砸钱，半路拦车放狠话。戴小虎不为所动，带队将老肥家的酒楼厨房都给拆了。过程中老肥动手将戴小虎打伤了，进了号子。

蒋小涵到医院看望戴小虎时，爱慕之情油然而生。

戴小虎没有女朋友，蒋小涵这么漂亮的女孩主动示爱，没有理由不坠入爱河。不久，戴小虎又扶正成了支队长。

老肥的酒楼拆了，蒋建的旧房子成了做生意的好码头。所以蒋建将旧房子改

造了一下，开了一家酒店。如老肥一样，专吃农家菜，土鸡土鸭的，生意也一般红火。渐渐地，原先的旧房子显小了，客人多时，桌子摆到了外面。蒋建便在老肥家酒楼原先的位置上，盖了一幢简易平房做厨房。

蒋建盖厨房的时候也有人到城管反映，不是到支队，而是到支队下面的龙溪大队。龙溪大队的人知道蒋建女儿跟戴小虎的关系，虽然到现场看了，却没有采取措施，更没有报告戴小虎。

那会戴小虎虽然跟蒋小涵谈恋爱，由于蒋小涵在上海工作，两人主要通过QQ或者电话联系，难得到蒋建家里去一趟。所以对蒋建盖厨房的事，戴小虎开始并不知道。

可蒋建临时盖的厨房排烟排污设施不到位，浓烟污水扰得左邻右舍不得安宁。时间一久，自然传到戴小虎耳朵里。于是戴小虎抽空去了蒋建的酒店，跟蒋建说，你这厨房是违章建筑，得拆。

蒋建不以为然，什么违章建筑，自己家你也拆得下手啊！

戴小虎说，没有办法，我得依法办事。要不你自己拆了吧。

蒋建说，我要不拆呢？

戴小虎冷静地说，那我就安排人帮你拆。

蒋建忍住没发火，我不跟你说，我让小涵跟你说。

蒋小涵人没来，电话过来了。

蒋小涵央求说，不能不拆么？过些日子拆不行吗？才盖起来，你就让拆了，我父亲多跌面子呀！

戴小虎摇摇头说，人家眼睛都盯着，街坊邻居都知道咱俩的关系，如果不拆，他们怎么想？我还怎么工作？

蒋小涵很生气，那你就去拆，拆了就不用给我打电话了。

戴小虎很无奈，却没有犹豫，带人去拆蒋建新盖的厨房。蒋建不是老肥，不会跟戴小虎动手，但蒋建把戴小虎原先送他的一双皮鞋、两件羊毛衫扔了出来。

事后，戴小虎给蒋小涵挂过电话，挂了三次，蒋小涵都没接。

你有把柄落我手

在这件事之前，宁飞在我面前一直一副孙子样，虽然我和宁飞是一个单位的同事，可我是一把手，宁飞却是我的手下，尽管也是班子成员之一。

到现在我都在臭骂自己怎么会那么缺乏警惕性，竟然那么容易就上了宁飞的当，乖乖将把柄送到了宁飞的手上，简直就是个傻B。

那天，先是喝酒，然后是唱歌，唱歌的时候又喝酒，在本就狂躁的歌厅我的心也跟着狂躁，而就在这时，宁飞将一个至少当时在我看来是貌美如仙的女人带到我身边，在酒精的作用和美女的诱惑下，我意乱神迷。

我至今都记不起来这以后发生的事情，只知道第二天早晨醒来的时候，已在宾馆客房，身边躺着那个女人。女人袒胸露背、妖艳性感……

我当然明白这一切是宁飞处心积虑的阴谋，因为宁飞在向我汇报工作的时候，不再如以往一般低首垂眉、唯唯诺诺，而是昂首挺胸目光如炬，甚至给我一种居高临下的感觉。

从此，我只能在形式上维持与宁飞的上下级关系，而单位相当部分的大事都是宁飞的意见，包括项目安排、经费使用、人员调配等等等等，以至于发展到有人想谋求个一官半职，只需要得到宁飞的首肯即可，丝毫不把我这个一把手放在眼里。

这种度日如年的日子我过了整整一年，在踌躇犹豫中，我终于下定决心改变目前我与宁飞之间的这种不正常的状况，在我想来，就算不能重新确立在与宁飞之间强势地位，至少也要扳成个平手。

我无时无刻不在寻找机会，无时无刻不在思考着良策，在经过几个不眠的彻夜之后，我想到了一个完美的计策。

其实要说起来也很简单，我的计策的核心就是八个字：以彼之道，还施彼身。

我找来了一个女人，这个女人叫小娜，至少她自己告诉我她叫小娜。小娜绝对是个对男人具有超强杀伤力的尤物，就是如此小娜也没有随意去勾引宁飞，因为宁飞是个极谨慎的人，也不是个太过随便的男人。但我知道宁飞喜欢聊天——网上聊天，于是小娜就上网，在飘缈虚幻的网络世界里与宁飞不期而遇，在温情脉脉中让宁飞渐渐失去理性，不知不觉地走进温柔的陷阱。

那段日子，我很明显地感觉到，宁飞沉醉在癞蛤蟆吃天鹅肉的兴奋之中不能自拔，经常是肆无忌惮地撕着干涩的嗓子唱着跑调的情歌。我相信，用不了多久，我就会在宁飞的柔情蜜意中死死地抓住他的把柄。

小娜没有让我等太久。

在三个月后西方人的情人节那天，一男一女两个网友在临近的一个城市见了面，很多异性网友见面后所发生的故事，在宁飞与小娜之间也毫不例外地发生了。

第二天，小娜给了我一支录音笔，而我则给了小娜一叠百元大钞。

宁飞在听了录音后的第一秒钟开始，就恢复以往在我面前低首垂眉唯唯诺诺的样子，那一瞬间我重新感觉天依旧是那么的蓝，水依旧是那么的绿，而我的心情当时也如蓝的天绿的水一般。

不过我这种轻松愉快的心情并没有持续太长时日，因为在不久的一天，一个女人随意地走进了我的办公室，随意地在我的老板椅上坐了下来，随意地从我的老板桌上抽出一支软包装的中华烟，然后示意我给她点上。

这个女人就是小娜。

我的心情霎时降到了冰点。

王乐的爱情

王乐当初看上石小敢，很多人都感到很意外，尽管石小敢开了个店铺，也算是个小老板，但毕竟两个人性格差异太大。王乐虽然算不上是美女，却也有几分妩媚几分娇柔，更为关键的是王乐性格活泼，属于那种小资类型的女孩。而石小敢却是石头一般的男人，为人处世极为木讷，脑筋不开窍，整天围着店铺转，除了挣钱没什么兴趣爱好。

我跟王乐是闺中密友，王乐初谈恋爱时，便问过她该不是看上石小敢的钱了吧，王乐嗔了我一眼说，才不是呢，我是看他老实，这样的男人可靠。说完便是很陶醉的表情。我当时觉得，王乐爱上石小敢，真是应了“青菜萝卜各有所爱”这句话。

恋爱绝对属于两人世界，王乐也不例外，不再跟我们这帮小姐妹一起瞎混，整天也如石小敢一般围着店铺转。好像是三个月，也好像是五个月，反正有一回王乐是打了我的手机，电话里的王乐声音有气无力，岚姐，我好想你们。我没好气地说，都掉到蜜罐里了，还会记得难姐难妹呀！重色轻友的家伙。

电话过后，王乐到了我的家，一点也没有我想象中的幸福样子。我问，怎么？闹别扭了？王乐苦着脸说，没呢，他那个石头样子，哪有架吵。我奇怪地问，那你干吗一副苦瓜脸？

王乐唉了一声，过了一会才说，岚姐，你说石小敢怎么会是那样一个人，一点生活情趣没有，整天就知道做生意，不唱歌、不跳舞、不喝酒，连像样的衣服都不会买一件，真不知道赚钱做什么用。我当时确实有些幸灾乐祸，我说，不错呀，如今这样的男人比大熊猫都珍稀，被你这瞎猫捡了个便宜，还不满足呀！王乐没有理会我的嘲讽，依旧一副心事重重的样子，对我说，岚姐，我想跟他分手。

王乐的话虽然并没有让我感到意外，但恋爱毕竟不能太过随意，我想了想说，分手容易，可你要想好了，别到时又吃后悔药。

王乐说，我跟石小敢兴趣爱好差异太大，你知道的，我这人好玩，喜欢泡个吧唱个歌跳个舞什么的，可他……

这事，对我这个局外人来讲，只有劝和的，没有劝离的，便说，你不可以带他一起去玩呀？兴趣是可以培养的。

王乐说，叫过的，可他死活不肯去。

我说，你就跟他说，不去就分手，看他敢不去。

王乐沉默了一会，又苦笑一下，然后说，那我试试看。

这次分手后，我又有好些日子没见着王乐。有一天我跟朋友到醉年华歌厅，看到王乐独自一人坐在歌厅的角落里。我说，怎么一个人呀？王乐小嘴一努，便看到石小敢搂着一个小女孩跳着舞，而且是技艺不凡。我笑了，说，王乐你真不简单，到底让这块石头开花了。

王乐一副得意的样子是溢于言表。原来，那天王乐离开我家后，当天晚上就给石小敢出了个选择题，要么逢周三、周六陪她跳舞唱歌泡吧，要么分手。石小敢犹豫了一小会，便选择了第一题。王乐还告诉我，石小敢真是有玩的天分，不到两个月，唱歌跳舞方面就从王乐的学生成了王乐的老师，而且兴趣也是越发浓了，差不多每天晚上都带王乐出去疯跳疯唱的。

这时，正好一曲终了，石小敢将那女孩送回座位后过来，跟我打了个招呼。我说，石头，这比赚钱有意思吧？

石小敢嘿嘿一笑说，有意思，这些年我算是白活了，整天就知道赚钱，一点也不知道享受。

那天晚上，石小敢玩得很疯，歌唱了一曲又一曲，舞跳了一支又一支，一直到很晚才回家。

这以后，我经常在娱乐场所遇到王乐跟石小敢，看到王乐每次都是幸福的样子，我自然也为她能找到自己的爱情而高兴。

大约过了不到半年时间，王乐约我到“名将”喝咖啡。我赶到“名将”时王乐已经到了。我跟王乐开玩笑，石头还没来呀？胆子够大的，竟然敢迟到。

王乐幽幽地说，他不会来了，我们分手了。

我惊讶地问，不会吧，你不是已经将石头改造好了么，怎么又甩了人家？

王乐苦笑着说，不是我甩了人家，是人家甩了我。他在歌厅认识了一个女孩，比我漂亮。

我目瞪口呆，一时不知道说些什么好。

听书记的

平到一个乡里当纪检书记。

平不知道，他是乡里书记点名要去的。之所以点名要平去当纪检书记，是因为平这人听话，意思就是听领导的话。乡里原先的纪检书记经常跟乡里书记对着干，乡里书记就到县里去要求，将平调过来当纪检书记。乡里书记跟组织部长交情不浅，组织部就将平从另一个乡的副乡长调到这个乡当纪检书记。

平的优点很多，听话是其中一个方面，做事也挺卖劲，只要是书记定了的事，那是真正的扑下身子抓落实，这其实也属于听话的一种。

举两个例子吧。

有一段时间县里下发了工作日中午严禁喝酒的文件，抓得很严，发现了一律要给处分。平是纪检书记，乡里书记自然指示平负责。平按照书记的指示明察暗访，就发现招商办的几个人工作日中午喝酒，有一个还喝醉了。平将事情调查清楚了，向乡里书记汇报。乡里书记说，招商办的同志确实违反了文件规定，给个处分也不为过，但也是为了招商引资，工作需要。让他们写个检查，保证下不为例，处分就不要给了吧。还问平，你是纪检书记，这样处理行不？

平说，听书记的。

还有一件事。有一个村，上面拨给这个村一笔植树造林专项资金，专项资金是高压线，碰不得，但这个村的主任动用了其中一部分，给村干部发工资。平向乡里书记汇报时建议给村主任留党察看处分。乡里书记说，村干部也确实有难处，辛辛苦苦干了一年，工资少得可怜，还总是拖欠，也难怪他们会打项目资金的主意，也算是情有可原。再说，村主任也是为了大家，并没有挪用资金谋私利，能不能给个警告处分算了。

平说，听书记的。

类似的例子很多，不一一列举。

乡里书记对平是相当满意，经常在大会小会上表扬平，说平大局观念强，原则性跟灵活性结合得好。

不过，乡里干部私底下说起平来，都说平不配当纪检书记。

平在的这个乡是个农业大乡，上面经常会拨农田水利建设专项资金。有资金，便有利益。平来之前就经常有人写举报信，告农办主任贪污项目资金。乡纪委查过，县纪委也查过，但没有查出问题。

平也收到同样内容的举报信。这是大事，平不敢随便做主开展调查，得听书记的。

这次平没有事先向乡里书记汇报，而是在党委会上将这事提出来。乡里书记当时脸色很难看，但表态很明确，这事查过好几次，虽然没有查出问题，但还是有人告状，说明群众不满意。所以，这次一定要认真调查，查个水落石出。没有问题，还人家一个清白；有问题，严肃处理，决不姑息。

书记说到最后一句时还用力地将手一挥。

平说，听书记的。

平带着乡纪委两名干部，将农办的项目资料及财务凭证全部搬了过来，收入支出一笔一笔核对。平在审计局工作过，查账是他的老本行，没查几天，还真查出农办主任虚列工程套取项目资金私分的问题，数目有十几万。农办主任被反贪局抓了。

抓人那天，有人对平说，你胆子不小，不知道农办主任是书记的小舅子呀？

平说，知道呀！

那人惊讶地问，知道你还敢查？

平说，是书记让查的，我听书记的。

那人又说，你傻呀，你在党委会上提出来，书记还不是只能说些冠冕堂皇的话。

平不语，讳莫如深地笑，边笑边走，边走边唱，穿林海跨雪源，气冲霄汉，抒豪情寄壮志，南对群山……

那人自言自语，看不出来，平书记还会唱《智取威虎山》。

洒脱

张平是个很洒脱的人。买衣服，非名牌不买；喝酒抽烟，必是名烟好酒；跟同事朋友下馆子，不让他掏钱不行，谁跟他争他就跟谁急。张平说，没办法，有钱，自己的钱。

张平夫妻在机关上班，每月也不过五六千工资，虽然父亲留给了他两个店面，租金有个几万的，却也算不上是大款。但张平就是这样的人，豪爽，钱在他眼里，根本就不是个东西。

我曾跟张平说，你也省着点，不带你这样乱花钱的。

张平回答很爽气，钱算什么玩意呀，生不带来，死不带去，要学会享受生活。

张平这样的人，在单位吃得开，男女老少都喜欢他，每搞民意测验，优秀率名列前茅。

领导也喜欢张平，虽然张平从不溜须拍马，也不会逢年过节给领导送烟酒红包，但张平能做事，碰到什么难事别人处理不了的，领导便会想起张平来。只要张平出马，还没有什么事没办好的。

所以张平就被提拔了，到县里当了副职领导。

张平刚下去不久，我曾巧立名目找机会去看过一次张平。说是工作其实是找张平玩。

当了副职领导的张平依旧洒脱，穿是名牌，抽是好烟，喝是好酒，花钱豪爽，大手大脚的。

我提醒张平，说你现在是领导了，得注意点影响。

张平不屑一顾，说，没办法，有钱，自己的钱。

江山易改本性难移，这俗话说得还真没错。

大约也就过了一年多不到两年，有一次张平到市里办事，约我逛街。张平喜欢逛街，而且逛街必购物。可这次逛街我发现张平有了变化，看这件衣服说贵，看那双鞋子说划不来。我说奇了怪了，你张平今天是怎么了？你不是很有钱的吗？张平苦笑，说我这几个钱算什么钱呀！你是没见过有钱人，人家那才叫有钱呢。

张平告诉我说，他在县里管招商引资，经常跟老板打交道。那些老板，住得是洋房，开的是豪车，买起东西来，不买最好的，只买最贵的。

张平还说，我这点钱，给他们吃个早茶都不够。

逛街后我跟张平在外面随便对付了一餐。出乎意料，张平没有跟我抢着买单。

这以后我很少见到张平。偶尔遇见了，张平都会客气地邀我去玩。而我的工作性质却是很少有机会去县里的。

大约在半年前，我被抽调到市委组织部参加换届考察，恰巧分到张平那个县里。考察过程中，大家对张平的反映出奇的好，都说张平能力强，尤其是廉洁，说张平不抽名烟不喝好酒，身上穿的家里用的，普通得不能再普通。我当时觉得奇怪，不相信这些人说得是张平。

那天夜里，张平来看我，我才发现大家对张平的评价不虚。

已是初春，张平上身穿一件极普通的夹克，下身是一条很旧的牛仔裤，都是没听说过的杂牌货；用的手机也是一款老式的诺基亚，绝对不会超过五百块；发给我一支烟，我惊讶地发现竟然是普通金圣。

我说不对呀，你张平原先不是很洒脱的吗？现在日子怎么过得这么悲催？

张平说，就那么点工资，怎么洒脱得起来。

我又说，别跟我哭穷，你老子留给你的店面租金可不老少。

张平摇摇头说，不是要还房贷么。

我不依不饶，你是领导，还不经常有人孝敬你，能这么穷么？

张平笑了，笑过之后说，不瞒你说，送的确实不少，不敢收啊！

我便无话可说了。

张平的考察情况极好，理所应当成为拟提拔县长人选，而且呼声很高。我跟张平是朋友，自然跟张平一般高兴，约了正好到市里开会的张平在车站广场宵夜，喝得是兴高采烈的。

俗话说乐极生悲，酒喝高了，张平将随身所带的公文包落在夜宵摊。包里有好几十万现金，还有十几张银行卡。不知道是夜宵摊老板思想境界高还是因为钱太多了害怕，反正这老板将包交到派出所，派出所又交给了纪委，纪委到银行一查，银行卡里的金额竟然有数百万。

往后的事大家都猜得到，张平先是被纪委“双规”，然后又移送司法机关被判了刑。

我曾到监狱探望过张平，说起当年的洒脱，张平无限向往。

张平说，自己的钱，想怎么花就怎么花，虽然不多，却过得潇洒。

张平还说，在县里那几年，收了不下七八百万，一分钱也不敢花，还整天提心吊胆的，你说我这是何苦呢？

我无言以对！

河　边

（1）

男人在河边散步。

河是一般的河，风景也说不上美，和乡下随处可见的河一样，很平常，不过河边倒是显得极幽静。

男人就喜欢河边的幽静。

男人倒背着双手漫不经心地走着，边走边梳理着一天的思绪。

远远地，男人看见河中有人在游泳，依稀是个女人。男人并没有在意，走过河中戏水的女人身边时，也没有正眼看一下女人。

男人有心思。

男人是乡长，这些天有一件事让男人觉得有些难办。乡里要修一条路，一条很长的路，有很多想做这条路的人来找男人，而且大都不是空着手来的，但不管空着手来的或者不是空着手来的，一律都空着手回去了。男人是个很谨慎的人，胆子很小，从来不敢收赃钱。

男人在河边走了有好些时间，见前面的路不好走了，就往回走。走到女人游泳的位置时，女人已经上岸，正在摆弄着湿淋淋的长发，当男人走过时，女人正将长发一甩，男人便感觉一阵清风一阵细雨拂面而来。

女人感觉自己的长发拂过男人的脸，回过身向男人歉意地笑。

女人算不上是个美女，却很青春，对男人这种年龄的男人来说，青春的就是美丽的。

男人也笑了笑，没有丝毫停留，继续往回走，走了几步，男人自己也说不出是什么缘由，总之男人走了几步，突然回过头来向女人望去。

男人感觉河边的风景在女人的衬托下美丽起来。

（2）

男人在河边散步。

散步的时候，男人又看见女人在游泳。

男人走过女人身边时放慢了脚步，边走边欣赏起女人来，女人穿着件粉红色的泳衣，游泳的姿势很优美，像一尾粉红色的美人鱼。女人显然也看见了男人，在水中将莲藕般的手扬了起来。男人见了，停下脚步。女人一个猛子潜入水里，浮出水面时，已经靠近岸边了。

女人说，你每天都来这里散步呀?

男人说，也不是每天，没事就散散步，欣赏欣赏河边的美景，还有……男人看了一眼水中的女人，接着说，还有小河中戏水的美女。

女人咯咯地笑，笑歇了，女人说，我美吗?我自己怎么不觉得呀。

男人说，不识庐山真面目，只缘身在此山中。

女人用一种异样的眼神看了男人一眼，女人说，你真会说话，真会讨女人喜欢。

听女人这样说，男人突然觉得自己有些油嘴滑舌，便不自在起来。男人平常是个很严肃的男人，不像有的人，喜欢和女人开玩笑。男人自己也想不明白为什么在女人面前会显露出轻浮来。

你不是乡里的吧?从没见过你。男人转移了话题。

女人说，谁说我不是乡里的，你不认识我，我可认识你。

男人说，你认识我?

女人嗯了一声。

男人说，你认识我，我却不认识你，这不公平。

女人说，相逢何必曾相识，相见便是缘分。

女人说这话时，眼睛看着男人，男人又感觉不自在了。

感觉不自在的男人就走，匆匆忙忙地走……

(3)

男人在河边散步。

男人散步的时候天已经差不多暗了。

男人已经好几天没到河边散步了，不是因为没时间。

这天男人开始也不想去散步，可男人在房间里独自呆着，很烦躁的样子，于是男人又到河边去散步。不过男人不像以往那般倒背着双手漫不经心地走，而是急匆匆的，像是一路小跑。

就像男人心里想的一样，男人又看见了女人。

女人没有在河里边游泳，女人静静地坐在河边的草地上。

男人在女人身后驻足的时候，能听到自己的心跳。

女人没有回头。女人说，我以为你再不来了呢。

男人说，这几天，忙，所以没有来。

女人拍了拍身边草地，示意男人坐下，男人有些迟疑，可只迟疑了一小会便挨着女人坐了下来。

俩人静默地坐着，气氛有些尴尬。

男人说，怎么不游泳啦？

女人说，一个人游，一点意思没有。

男人又说，原来你也是一个人游，怎么不说没意思？

女人幽幽地说，原来是原来，现在是现在。

女人话中的意思，男人像是听明白了，又像是没有听明白。

男人没有说话。

沉默一会，女人说，要不，你陪我游吧？

男人有些为难，不太好吧，万一有人来……

女人说，天都黑了，谁还会到这荒郊野外来。女人一说起游泳，就兴奋起来，只见她起身走进竹林，少顷出来时，便一身粉红色的泳衣。

男人还有些犹豫。女人走到男人身边，靠得很近，拽着男人的衣服说，快点呀！男人便感到一种女人的气息扑面而来。

男人有些恍惚，有些恍惚的男人被女人拉下了水。

(4)

男人很晚才回到房间。

说不清是什么原因，好长时间男人都有一种不安的感觉。就在男人不安的时候，便听到夜半敲门声。

男人打开门，门口站着一个中年男人。

中年男人是乡里一个做工程的老板，也是找过男人好多次想做乡里公路的老板。

男人说，怎么又来了，我跟你说过，找我也没有用，你要想做这个项目，只有去……

男人说着，突然止住了。

男人看见站在中年男人身后的女人。

战友啊，战友

对于老北，我实在搞不明白他为什么会安置到费县来。

一个小小的连职干部，转业分到我们科里，什么待遇也没有，自然在我这个副科长领导之下，一个一般得不能再一般的小科员而已。

但就是这么一个人，却很长一段时间都让我弄不明白他，虽然我和他就面对面坐在一起办公。

老北高大威猛，很帅气的样子，却是一点也不像我印象中北方人的豪气阳光，整天默默地坐在办公室前做着一些意义不大却又不得不做的所谓工作。

曾经问过老北，为什么转业安置会选择费县，这个绝对能跟西部落后地区相媲美的中部小城，因为我看过老北的档案，在他的历史中完全看不出跟费县有什么关系。老北淡然地说："也没什么，不过有一点念想让我难以忘怀。"

我想了想很自以为是地猜测："哦，那就是看上我们这里的美女，费县是山清水秀出美女，费县的美女不说誉满全球，却也可以说是国内驰名。"

老北笑了，笑过之后说："倒是有这样的想法，就是家里头的黄脸婆不知道会不会起义暴动。"

我仍不依不饶："要不，要不就是你有亲戚，有亲戚在县里当领导，而且是有实权的领导，不然你没理由到我们这穷乡僻壤来。"

老北仍笑："我们家五服之内，属我这个连长官最大。"

我崩溃了，但仍然追问道："总得有个理由吧？"

老北这时不笑了，不但不笑，又恢复到过去沉默寡言的状态。

看老北的样子，我没有继续追问下去。过一会老北却主动开了腔："其实，我有战友在这里，很多战友。"

既然老北说话，我自然得搭腔："战友？是当领导的么？是他帮你安置过来的么？"在我的想法里，如果有战友或者说是首长在这里当领导，转业安置到这里来，对老北今后的发展总归是有帮助的。

然而老北说："什么领导，都是我的兵，我才是个连职，他们能有多大！"

我摇摇头，不准备再问下去，而老北也没有再说下去的意思。但对于老北为什么转业安置到费县，我依旧感觉疑云重重。当然，这不过是茶余饭后的闲聊，对于我而言，倒也不一定非要问出个子丑寅卯来。

不久便是清明。

照例是放假让大家去扫墓。

南方的清明，雨是淅淅沥沥连绵不断的。我是北方人，父母均跟随我在费县，短短的三天假期也不可能回老家祭祖。早上起床，便到父母开的“铅山汤粉店”帮忙。闲下来的时候便搬一张凳子在店门口坐着，看着雨中匆匆的行人。

此时，老北便从店门口低头经过。

老北的表情如清明的天气一样阴郁而湿润，而他手中所捧着的菊花以及香纸烟酒点心等，分明是扫墓所用的祭品，却让我有些不解。

我问：“你这是去干吗？扫墓吗？”

老北答：“是。”

我又问：“你又不是本地人，给谁去扫墓呀？”

老北答：“去给我的战友扫墓。”

我心里咯噔一下：“战友？给战友扫墓？”

老北抬头望着远处，喃喃地说：“是的，是我的战友。”

顺着老北的眼睛望去，信江河对岸，青翠松柏之中，烈士纪念塔高耸入云。

老北哽咽地说：“你应该记得，五年前的特大洪水，这里牺牲了七名解放军战士。他们，是我的战友。”

我记得，这里所有人都记得。永远不会忘记。

我如老北一般沉默，眼睛涩涩的。

我站起身来说：“老北，走，我陪你去扫墓，陪你去看望你的战友。”

采　访

一到乡里，乡长就建议小易采访思口村的四平书记。

小易说：要不你先介绍一下四平书记的事迹吧。

介绍一下呀！乡长做沉思状，过一会才说：四平的事迹多了去了，一时半会说不完，举几个例子吧。

小易说：好啊，我要的就是事例。

乡长说：嗯，思口村有个秦大爷，孤老头一个，四平常帮着做地里的活，好几年了；还有一个叫黑三的，原先是混混，放出来后四平带着他种香草，现在已经是村里的小康户了；还有一个叫老七的，有一年放山伤了腿，四平替他垫了好几千的药费。乡长又想了想，然后说，嘿，还是你自己到村里去采访吧，从群众嘴巴里说出来更让人信服不是？

小易说：那我就上村里去。

乡长说：去吧，我派一个人陪你去。

小易说：不用，我自己去，我和四平熟。

其实小易不认识四平，小易只是不想让乡长派人跟着他。当了好几年的记者，每次采访差不多都是人家安排好，小易觉得特假。

小易独自一人去了思口村，到村里也不去村委会，而是自个去找乡长提到的秦大爷、黑三和老七。

小易先找到秦大爷。

小易没有直接问四平是不是帮过秦大爷干活。小易想，乡里乡亲的，问得太白，人家顾着面子，还不顺着杆子上。

小易问：大爷，村里干部还好吗？

秦大爷说：还行。

小易问：四平书记呢？他对你怎么样？

秦大爷说：过得去吧。

小易问：大爷，四平做过什么事让你感动吗？

老人想了想说：没有呀，我没有觉得。

小易想，乡长的话还真不怎么可信。

小易又找到黑三，黑三正在拾掇香草。

小易问：收成不错吧？

黑三说，还可以。

小易问：四平书记对你种香草什么态度？

黑三说：支持的吧。

小易又问：四平做过什么事让你感动吗？

黑三想了想说：想不起有这样的事。

小易又去找了老七。

老七说：四平呀，还好吧。

小易问：四平做过什么事让你感动吗？

老七也想了想，然后摇摇头说：说不上来。

小易觉得没有继续采访的必要了，便返回乡里对乡长说：这个四平，不像你说的那么回事。

乡长问：你找过秦大爷了。

小易答：找过了。

乡长问：黑三呢？

小易答：也找过了。

乡长又问：老七也找过了？

小易又答：都找过了，可他们都没提到你说四平的那些个事。

奇了怪了。乡长一脸的迷茫：走，我陪你再去一趟，我就不信了。

乡长带着小易又到了思口村，让人把秦大爷黑三老七都叫到村里。

乡长问秦大爷：四平没帮你干过地里的活？

秦大爷说：谁说没有？四平经常帮干地里活的。

乡长问黑三：你种香草不是四平带着种的吗？

黑三说：我没说不是呀！

乡长又问老七：那年你伤了腿，四平借你钱了吗？

老七说：借了，好几千呢。

乡长责怪道：那你们怎么不跟小易记者说。

秦大爷说：这位记者同志没问过我这事呀。

黑三老七连着点头说：是啊是啊。

小易说：怎么没问了，我不是问过你们四平做过什么事让你们感动吗？你们可都说没有的，这会怎么又说有了。

秦大爷黑三老七都是一脸的迷茫。

秦大爷说：我们没说四平做过什么事让我们感动的呀！

小易糊涂了，乡长也是云里雾里。

乡长点着秦大爷黑三老七说：你们说实话，四平到底有没有帮你干过活，有没有带着你种香草，有没有借钱给你看腿伤？

有啊！三个人异口同声地说。

乡长有些恼怒：那你们又说四平没做过什么事让你们感动。

秦大爷说：这些个事有什么感动的，四平常这样，好几个孤老四平都帮着做事呢。

黑三说：就是，跟四平学种香草的人差不多有半个村子，又不只我一个。

老七也说：好多人家四平都借过钱，你们去问一下，有多少户还欠着四平的钱。

乡长有些恼羞成怒了，站起来指点着秦大爷几个，气得说不出话来。小易好像听明白是怎么回事了，点点头自言自语：我明白是怎么回事了。

乡长疑惑地问：你明白了？

小易说，我明白了，你就等着我的文章见报吧。

过了几天，市报头版头条刊发了一篇署名小易的长篇通讯——《一个没有感动村民的好支书》。

愚人节爱情

林雪吃过晚饭，便接到张丽的电话，让林雪到“爱琴岛咖啡屋”去，她和周芳已经在那了。林雪怕张丽捉弄人，特地说：“今天是愚人节，你不会骗我吧?”张丽信誓旦旦地对天发誓，还说：“我们是好姐妹，骗谁也不能骗你。”

林雪赶到爱琴岛时，果真见张丽和周芳在临窗的位子上说说笑笑的。林雪也坐下了，开着玩笑：“发什么神经，一个帅哥没有，待会还不得自己买单。”张丽和周芳都笑了，笑得很有些不怀好意。张丽说：“谁说没有，那不是吗?”朝窗外努了努嘴，林雪便看见了傅俊。

外面下着小雨，傅俊打着雨伞，在信江河边站着。

林雪问：“他干吗呢?”

张丽说：“等人呀!”

林雪又问：“等谁呀?”

张丽又说：“等你呀。”

林雪白了张丽一眼：“尽胡说，我又没有约他，他干吗等我?”

张丽说：“你没有约，我们帮你约了呀。”

张丽和周芳嘻嘻哈哈笑了起来。

傅俊喜欢林雪，在公司里是公开的秘密，不过落花有意，流水无情，林雪对傅俊却没有感觉，不是傅俊人不好，而是太迂，一点不懂得浪漫。举个例子，情人节的时候，男孩都给心仪的女孩送玫瑰，傅俊也给林雪送了，却不是玫瑰，而是一大桶肯德基，还说玫瑰不能吃不能用的，不如肯德基实惠。

张丽说：“今天不是愚人节么，我跟周芳以你的名义给他写了张条，约他到这里见面，果然，这家伙上当了。”

林雪说：“这样不好。”

张丽说：“怎么，心疼了?”

林雪一副不屑的表情：“才不呢，谁心疼他，愚人节都不知道，活该上当。”

林雪和张丽、周芳说着话，由着那个傅俊木头一样在雨中傻等着。

女孩儿们的私话很多，不觉过了些时间，周芳提醒说：“你们看，那傻瓜还在等呢。”雨大了些，傅俊在河边来回走着，有些焦躁的样子。周芳说：“你们说，他不会一直等下去吧?”

林雪没有吱声，张丽则一副犹疑的表情，说：“难说，条子上可是写了不见不散。”张丽看看窗外，又看看林雪：“林雪，要不，你去见他一面吧，人家在雨中可是等了快两个小时了。”

林雪哼了一声：“要去你自己去，又不是我约的。”

张丽为难地说：“可人家不是等我。”

“反正不关我事。”林雪转过身去，伸手拨弄着挂在窗户上的小物件。

张丽说：“再迂，也该知道今天是愚人节呀。”

周芳说：“那可不一定，别人知道，傅俊不一定知道。”

张丽说：“那怎么办？万一人家一直等下去，玩笑可就开过头了。”

周芳说：“管他呢，就像林雪说的，愚人节都不知道，活该上当。”

张丽也说：“就是，不上回当，长不了记性。”又问林雪：“林雪，你说是不?”

林雪没有吱声。

说是这么说，可大家的心情已不如开始那般轻松。又坐了一会，张丽说：“都是这个傅俊，害得小姐们玩都没有心思，散了吧，眼不见心不烦，不信他会等到天亮。”说完，站起来就往外走，林雪和周芳也跟着往外走。

走出爱琴岛时，林雪回过头看了一眼傅俊。

这夜，林雪很久没有睡着，一合上眼，便是傅俊在雨中打着雨伞的样子。

第二天上班，林雪早早来到公司，当傅俊从她办公室门口经过时，林雪便叫：“傅俊。”

傅俊有些意外，顿了一下，进了林雪的办公室，问：“你叫我呀?”

林雪说：“昨天，你等了好久?”

傅俊摇了摇头说：“也没有好久，一点钟，实在太冷，我就回去了。”说完，连打几个喷嚏。

林雪说：“病了?”

傅俊说：“感冒，小毛病。”

林雪又说：“她们是和你开玩笑的，你别见怪。”

傅俊说：“我知道，昨天是愚人节。”

林雪有些惊讶：“你知道是愚人节呀?”

傅俊笑了笑说：“知道。”

林雪更觉得不可思议，瞪着眼看傅俊：“知道是愚人节你还等那么久?”

傅俊不好意思地低着头：“我怕万一，万一不是开玩笑呢。”

林雪说：“真是不好意思。”

傅俊搓了搓手，又笑了笑：“没事，我走了。”

傅俊刚走到门口，林雪突然“哎”了一声。

傅俊停下脚步，看着林雪。

林雪支支吾吾地说：“今天……今天不是愚人节。”

傅俊疑惑地说：“是，我知道。”

林雪红着脸，声音细若游丝：“晚上七点半，信江河畔，爱琴岛门口，不见不散。”

……

不能随便提要求

小易调到市里一个单位，给领导当秘书。上班那天，领导找小易谈了话，谈话的时间不长，中心内容就是作为领导秘书，工作中要注意影响，特别是下乡的时候，切不可跟下属单位要这要那的。

领导的要求小易自然铭记在心。

上班没几天，小易就随领导到一个县里下乡。县里是对口接待的，很客气，住是最豪华的宾馆，吃是最高档的酒店，一连几天都是如此，小易便有一股幸福感油然而生，心里说：随领导下乡，人家安排得如此之好，那还有什么要求需要自己开口的。

事情却不是小易所认为的那样。

下乡的第三天夜里，小易在宾馆整理白天调研的材料，领导突然来到他房间。领导说，小易，有烟吗？带来的烟抽光了。

小易忙从包里找出盒金圣牌香烟来，给领导发了一根，点着了火。领导吸了一口，眉头皱了皱说，这烟味道，还真不习惯。

小易也吸了口，感觉还行，但想领导平常抽的都是中华，这种十来块钱一盒的金圣，抽着不习惯也很正常。

小易说，要不，我找他们要一些。

忘记我怎么跟你说的了？怎么可以随便向人家提要求呢？领导脸色阴了下来。

小易惶恐起来。

领导看出小易的惶恐，换了种口气说，小易呀，我们都是上级机关的，要特别注意影响，尤其在这些小节上，不能让人家对我们说三道四的。

小易忙不迭地连声说是，头点得像鸡啄米一般。

领导又说，好了，烟还是要抽的，你辛苦一下，去买两包金圣。

小易不解，您不是说这烟抽不习惯么？

领导的脸色又阴了下来，让你买你就买，啰嗦什么。

小易心里头有些感动，到外面店里给领导买来两盒金圣烟。

第二天，小易依旧随领导调研，找了好几个当地的领导谈话。领导谈话的时候便将烟摆在茶几上，就是头天夜里小易给买的金圣烟，还不停地给当地领导发烟抽。好几个当地领导都说，怎么抽这种烟？还是抽我的吧。都掏出中华烟来发给领导抽。

这天夜里回到宾馆，接二连三来了好几个当地领导敲小易的房门，而且每人都拎了两条四条不等的烟来，清一色的中华，让小易给领导送过去。小易先是不肯收，说领导会生气的，还说领导要求很严，从不肯给大家添麻烦，白天抽的烟都是自己掏钱买的。

可送烟的一个个都不容分说地将烟放在小易房间里，放下就走。

一时间，小易房间里便堆了十来条中华。

小易无奈，硬着头皮敲开了领导的房门。

小易说，刚才，县里的领导给您送了好多条烟来。

领导嗯了一声，没有丝毫表情。

小易又说，烟都在我房间里。

领导又嗯了一声，依旧没有丝毫表情。

我说……说过领导不肯收的，可他……他们放下烟就走。小易紧张起来，说话也有些结巴了。要不，我……叫他们拿……拿回去？

领导这会说话了。领导说，既然拿来了，我们就抽吧。

小易怀疑自己没听明白，问道，您……您说什么？

领导抬起头盯着小易看，看了一会才说，一字一句地说，我说，既然拿来了，我们就抽吧。听明白了吗？

小易呆愣着，好一会才回答，听明白了。

……

可以让我走下去吗

在镜前幕后摸爬滚打多年，王好终于成了好哥。

让王好红起来的栏目叫“谁能坚持到底”。这是一档答题类节目，由攻擂选手在十名守擂选手中逐一选择对手 PK，赢了便选择下一个。为了增强刺激性，栏目组规定只有最后的胜者可以走着离开，失败者都将随着王好手中遥控器的按动，直接掉落擂台。

这个栏目办了好些年，一直影响不大，换王好主持后，便火了，收视率与日俱增。

王好形象一般，但口才超强、敏捷睿智。更让观众喜欢的是，王好主持极为自然，有着别具一格的小幽默，让人觉得亲切随和。有时还有点羞涩，露出儿童一样的笑容，浑身散发着童趣的天真。这样的主持，能做红一档节目，一点都不奇怪。

俗话说成也萧何，败也萧何，红了半年后，王好在“谁能坚持到底”节目中翻了船，并从此淡出了主持圈。

一次平常的节目录制，没什么特别，如果非要找出一点不同来，就是攻擂选手是一位不满十二岁的女孩。女孩说不上漂亮，却看着上眼，极为可爱。面对十名守擂的大哥大姐，女孩自信谦虚，用现在流行的词来形容便是 hlod 得住。

女孩发挥得极为出色，连续 PK 掉五名选手后，两次免答权一次没用，更没有选择带着已经获得的五件奖品离开。

女孩的自信赢得了满场掌声。

然而，即便是再出色的人，所掌握的知识也是有缺角的。女孩也不例外。在和第六名选手 PK 中，女孩虽然勉强过关，但在两道柴米油盐类的题目中用掉了两次免答权。第七名选手是清华大学的研究生，已经没有免答权的女孩终于有些紧张，在一道并不太难的题目上败下阵来。

惋惜声在台上台下响成一片

王好也很遗憾，他安慰女孩说，每个人都不可能掌握全部的知识，你虽然没有坚持到最后，但你的表现，已足以让现场和电视机前的观众报以热烈的掌声。

便又是掌声雷动。

女孩依旧很淡定，她微笑着说，能拥有在擂台上跟哥哥姐姐们学习的机会，我便成功了。

王好继续说，很遗憾，今天你得暂时离开我们的擂台，但我相信在不久的将来，你会继续站在这里，直到最后。

王好拿起了遥控器准备按下时，女孩的脸色霎时变了，笑容在脸上定格，浑身颤抖。王好发现不对劲，问道，你怎么了？

女孩颤抖着说，我……我恐高。

女孩的这种表现王好并不觉得奇怪，即便是粗犷的男人，在这个阶段不少都表现得很紧张。所以王好如对其他选手一般调侃道，那你可要做好准备了，可有十米高。

女孩的眼睛闪着惊恐，甚至想从擂台上站出来。但王好残酷地阻止了她。女孩哀求道，好哥，求求你，可以让我走下去吗？

王好环视着现场的观众，大声问道，我可以让她走下擂台吗？

可以。全场众口一词。

王好微笑说，好吧，既然如此，我只有违反一次规定了。

女孩笑了，笑得很灿烂，向着观众席上鞠躬。王好仍微笑说着，好了，你可以离开了。就在女孩抬起脚准备走出擂台时，王好转过身，反手按下了遥控器。

没有丝毫准备的女孩惊叫着，恐惧霎时布满了她的眼睛。

王好狡黠而又得意地看着观众席。出乎意料，没有如以往那般的哄堂大笑，取而代之的是死一般的寂静，随即便是嗡嗡的议论声。

王好并没有意识到，之后发生的事情，会对他的主持生涯产生如此大影响。有人发了一条微博，直言不讳地指出王好在主持节目中缺乏人性关怀，并将王好调侃女孩及女孩掉落擂台惊叫而恐惧的视频一并上传。随即，这条微博及视频被疯转。一时间，对王好的指责、批评铺天盖地，甚至王好及栏目组多次公开道歉，仍不能平息众怒。有人在网上发起了抵制“谁能坚持到底”节目活动，栏目收视率直线下降。

电视台无奈，只得将王好撤换。

从此，王好便一蹶不振，好几次想重整旗鼓都没有成功。渐渐地，王好淡出了电视屏幕。时间一久，王好逐渐被人们淡忘。

王好再次在电视上被人提起已是七年之后。

那是在国内某大城市举办的一次跳水世界杯。跳水是中国的传统优势项目，但再优势的项目也有低谷的时候，中国女子十米高台项目此时就处于低谷。但在这次比赛中，一位十九岁的中国女孩一鸣惊人，战胜了众多国外好手，拿到了冠军。

电视台采访了新科世界冠军。

女孩在发表感言的时候，照例感谢父母感谢教练感谢祖国，但女孩最后说，我还得感谢一个人，没有他，就没有我今天的冠军。

记者问，这个人是谁？

女孩答，他就是好哥。

记者并不知道好哥是谁，便追问道，谁？谁是好哥？

女孩深情地说，好哥便是王好，多年前“谁能坚持到底”栏目主持人。

……

领导好橘

我调到一个新单位上班，发现领导对橘子情有独钟。

跟我见过的别的领导一样，领导的办公室也经常摆着水果。别的领导一般都摆一些苹果、香蕉什么的，当然也有橘子，可我们领导只摆橘子，基本不摆其他水果。领导还经常手上抓着几个橘子，一边走路一边剥橘子吃，吃得津津有味。有时，领导也拎着满满一塑料袋的橘子，招呼我们吃。领导还说，橘子是好东西，酸甜可口，营养丰富，价格还便宜。单位发福利，也经常是每人一袋橘子，每次得有好几十斤。

领导经常下乡检查指导调查研究。每次下乡，只带三两随从，轻车简从。幸运的很，我虽是个新人，又是个小角色，上班不久便有幸做了一次随从。

领导工作很实在，又是开会又是走访的，还深入企业生产一线以及农村田间地头调查研究，然后对地方如何发展生产搞活经济提提意见，出出点子。

走了两三天，我感觉领导的人缘极好，很受人尊重。每到一处，乡里或局里都会给准备一点烟酒土特产什么的，还经常有小领导或者企业老板来看望拜访领导。来的人自然不会空手，红包我没有看见，但烟酒是少不了的。每次领导虽然婉言相拒，但每次都勉为其难。我等几个随从，虽不如领导那般丰收，却也能搭个边、沾点光，心情自然舒畅。

这天，领导又到一个叫营盘的乡调查研究。

营盘乡是远近闻名的橘乡，蜜橘种植历史差不多有20年。而此时正是金秋蜜橘成熟的季节，进入营盘，处处是生机盎然的橘园，金灿灿的蜜橘挂满枝头。乡野山村，橘在村中、村在橘中，橘园村舍交相辉映，橘香四溢。

我情知领导喜欢吃橘子，我便给陪同的乡领导“发轮子”，聊天似的说，看起来今年乡里的蜜橘又是一个丰收年啊！就是不知道甜不甜？

乡领导心领神会，说，甜不甜尝一尝不就知道了。

于是，车子便开进了橘园。

领导满脸笑容如橘园一般灿烂，亲自动手体验吃蜜橘唾手可得的悠闲自在。

可让我大跌眼镜的是，当乡领导让人将几筐飘香诱人的蜜橘往车上搬时，领导竟然死活不准，态度极为坚决，还很严肃地批评乡领导说这是搞不正之风。气氛极为尴尬。

我颇有些疑惑，心想领导不应该这样呀？这是怎么了？

上车后，领导一边剥着橘子往嘴里塞，一边自言自语，哼，五块钱三斤，满大街都是。

我恍然大悟。

认识小三

毛大姐打电话约我吃饭。毛大姐说《三清梅》会刊发了我一组小小说后，很多文学后辈打听我，央求她介绍认识一下活的三石。我原本不太愿意参加文友聚会或者聚餐，可毛大姐是个热心肠，不忍驳她的面子，便应承了。

饭局上我认识了小三。

小三是一个清纯的女孩，披一肩黑发，穿着素色，一点没有80后的时尚。

介绍过后，小三羞涩地请我在有我小小说的《三清梅》上签了名。

我当时很惊讶小三的名字，忍不住就问了。

小三扑哧一笑说，我呀，在家是三丫头，从小大家都叫我小三，一直都是这么叫。谁知道现如今小三还会有其他含义的呀！

我问，叫你小三你不在意吗？

小三说，无所谓了，不就是称呼么。

小三跟我一样，特喜欢小小说。我当时心里想，如今物欲横流，小三这般漂亮的女孩，还能坚持这一份执著，也算是难能可贵。所以，当小三说想给我几篇稿子时，我便将QQ号、邮箱给了她。

也就是当天晚上，小三通过邮箱发过来几篇小小说。稿子写得不错，文字清秀，内容温情。不解的事，稿子的署名竟然用的是小三。

我没有对小三的稿子作太多的修改，准备在《信江》杂志上给她用两篇。只是关于署名，慎重起见，我还是电话征询了一下意见。

小三说，没事，就用小三吧。

作品发表后，小三在QQ里说要请我吃饭，我开始没有答应。可小三说这是她的处女作，得庆贺一下。还开玩笑说，不让我请客，那么三石老师就请我吧。小三这么说，我也就不好意思再拒绝。

吃饭不会是我跟小三两个，否则以我的传统且惧内根本不可能去。毛大姐肯定在场，当然还有其他几个，基本都是文学圈里的。其中还有一个四十来岁的老板，姓熊，毛大姐说他是《三清梅》会刊的赞助商，年轻时也喜欢写诗，勉强算是圈内人。

那天小三很高兴，用红酒不断敬我，还说要拜我为师，问我会不会嫌弃她这个笨丫头。我说当然不会，还说你这样漂亮的女孩，哪个男人不喜欢呀！当时熊老板还开玩笑说，要不三石老师就收了她做小三吧。小三也不生气，还说，行，没问题，只要三石老师有胆量就成。

玩笑就是玩笑，这事我绝对是色心都不敢有的。但老师哪是做成了，经常给小三的稿子修改润色，偶尔也用篇把或推荐给一些做编辑的好友。那段时间，我跟小三见面不多，但联系不少。

后来的事有些突然，甚至没有一点征兆。有一次QQ聊天时，小三告诉我，过几天她要离开饶城去上海了。

我问：去上海做什么？嫁人吗？

小三发来一个鬼脸：去打工。

我又问：那你还会写小小说么？你有基础，放弃就可惜了。

小三又发来一个笑脸：谢谢，老师的教诲小三谨记在心。

后来小三便去了上海。听毛大姐说，小三是跟那天一起吃饭的熊老板去的。熊老板在上海有项目，让小三去帮着打理。

小三去上海以后，开始还是经常发稿子给我。可时间一长，渐渐地发得就少了。有一次在网上跟小三偶遇，便问了一下怎么最近写得少了。小三说，没心情，写再多也不能当饭吃。作为名义上的老师，我自然说了一些理想兴趣爱好之类的屁话。

一年以后，再没有收到过小三的稿子，小三也再没有跟我联系。打开QQ，小三头像一律如一片灰云。

再以后，我跟毛大姐前往上海参加《手机小说报》的笔会，期间毛大姐给小三打了电话。小三听说我们在上海，一定要请我们吃个饭。

小三安排在淮海路上一家很豪华的酒店请我们。我跟毛大姐赶到时，小三早已经到了，还有那个熊老板。

快两年不见，小三变了个样，一身的高档富贵。握手时我跟小三开玩笑说，小三，这么长时间都不联系，不认我这个老师了？

小三表情有些古怪，垂着眼眉低声说，三石老师，可以不叫我小三吗？

我没料到小三说出这句话来，一时有些尴尬。

给你说个故事吧

当时我和他就这样分别坐在一张桌子的两侧，已经很长时间，谁也没有说话，而我却不想让这种气氛继续下去，所以我考虑了很久，终于决定打破沉默。

我说，我给你说个故事吧。

他抬起头，用一种轻视的眼神扫了我一眼。

我没有更多地顾忌他的态度，而是用我那略有些沙哑的声音讲述着那个故事。

我说，大概四十多年前吧，在一个很普通的江南小村里，曾经发生了一个并不普通的爱情故事，一个美丽的女人爱上了一个小偷，女人不顾世俗的非议和家人的反对，和这个小偷走到了一起。爱情的力量是无限的，小偷听从了女人的劝说不再偷窃，与女人一起用勤劳的双手构建他们温馨的家。不久，他们有了一个可爱的孩子。可是，随着孩子的到来，原本就没有一丁点经济基础的家庭，出现了前所未有的困境。终于在一次孩子生病而又无钱医治的时候，这个曾经的小偷又重操旧业，他徒手爬上了一户四楼人家的窗台。但这次，他没有成功，从窗台上摔落到地，从此离开了他的妻子和孩子。

那年，他们结婚四年，孩子刚满三周岁。

说到这，我注意到他又抬起了头，看了我足有五秒钟的时间。

我继续说，失去了丈夫，对于一个女人来说，打击是巨大的，然而这是一个坚强的女人，她甚至没有在外人的面前流过一滴眼泪。从此，女人独自承担起了抚养孩子长大成人的责任。没有人知道女人和她的孩子是如何度过那些艰难岁月的，但可以肯定的是，即使是在最困难的时候，女人依然能维护她作为一个女人的尊严。女人从不忌讳与孩子谈及他那做小偷的父亲，女人常对孩子说，做人，就要堂堂正正，就是再苦，也不能失去做人的本分。记得渐渐长大的孩子曾有一次从邻居家的菜地偷了两个红薯，用火烤至焦黄，然后双手捧着，来到病倒在床上两天水米未进的女人面前，女人却狠狠地扇了孩子一耳光。那是女人第一次打孩子，也是唯一的一次。

为了孩子长大以后能有出息，女人将孩子带到县城读书，而她靠着早出晚归捡拾破烂维持着家庭的生活开支和孩子的读书费用。因为有一个捡破烂的母亲，孩子在学校也经常要承受同学们鄙视的眼光。女人对孩子说，妈捡的破烂虽然很脏，但妈用破烂换来的钱却是干净的。

我顿了顿，喝了口水，当我的目光与他对视时，我感觉他的眼神有些慌乱，眼睛有些湿润。

我接着往下说，孩子很懂事，学习成绩一直在班上名列前茅，几年后，以优异的成绩考入本地一所大专院校。在大学里，孩子也是相当出色。确实，有那么出色的母亲，孩子怎么可能不优秀呢。大学第二年，这孩子入了党，并成了学生会副会长，毕业时，又被组织部门作为选调生，从学校直接选到乡镇基层作为后备干部重点培养。而此时，女人依旧在小县城里靠着捡破烂度日。已经参加工作的孩子对女人说，妈，你别再捡破烂了，儿子能养活你。可女人说，妈不要你养，妈只要你好好工作。那天，女人的孩子是泪流满面。

常年日晒雨淋、风吹雨打，女人终于积劳成疾，病倒在床。当时女人的孩子正在抗洪抢险第一线，为了不影响他的工作，女人甚至没有给他送个信带个话。当抢险任务完成的孩子闻讯后赶回家时，女人的生命已是弥留之际。

当我说到这里时，他终于叫了起来，不要说了，你不要再说了。

不，我要说。我的声音也大了起来。当孩子告诉女人，他在抗洪抢险工作中表现突出而被提拔为副乡长时，女人苍白的脸闪过一丝微笑，然后气若游丝地说完了她人生的最后一句话："孩子，你长大了，妈也就放心了。记住，做人一定要堂堂正正。"

妈，妈，儿子对不起你呀！他终于控制不住情绪，号啕大哭，刚毅的脸上泪水纵横。

我默默地看着他，脸上不想流露出丝毫表情。

他哭了很久，当他止住泪水时，便对我说，好了，给我做材料吧。

一直候在一旁的办案人员走了过去，将笔记本电脑摆在了桌面上。而我转过身离开时，眼泪亦如决堤的河。

门　卫

老伴过世后，根叔搬到县里跟儿子一块过。

开始倒也惬意，除了吃饭睡觉，便是背着手在大街上溜达。可渐渐地，根叔不自在了，总感觉有点什么事。儿子察觉出来了，问根叔有什么心思，还说是不是儿媳妇怎么了。根叔说，儿媳妇孝顺着呢。儿子又问，那你整天心事重重的样子？根叔先不言语，过一会才说，要不，你给我找个活干。儿子不答应，说，你在乡下呆了大半辈子，城里的活你能干什么？根叔说，门卫呀！我就不信一个门卫我做不来。

根叔说的是局里家属院的门卫。

儿子很坚决地说，不行，局长的老子看门，说起来不好听。

根叔也很坚决，你不答应，我就搬回乡下去。根叔说着就去收拾东西。儿子无可奈何，说，我答应了还不行吗？

这样，根叔就成了家属院的新门卫。

开始那几天，院子里进出的人都把眼睛瞪得浑圆，有人还大惊小怪地说，你们看，这看门老头像不像局长的爹？根叔说，我就是局长的爹，局长的爹不兴当门卫呀！这人便尴尬地笑，还说，谁说不能当，您老当门卫，我们更有安全感。

根叔的门卫当得可算是相当称职，外人要进院子，一准被根叔叫住，问：找谁？来人说找谁谁谁。根叔又问：找他什么事？来人说汇报一个事。根叔不高兴了，说汇报事干吗拎东西，还尽是好烟好酒。来人也不高兴了，骂骂咧咧地说，我找局长办事，你一个门卫，管得着吗！根叔腰杆一挺，说，我是局长亲爹，你说管得着还是管不着？来人不屑一顾，局长的亲爹当门卫，鬼才信。根叔说，信不信由你，要送进去可以，但要登个记。便拿出一个本子让来人登记。来人肯定不能够登记，压着怒火求根叔网开一面。根叔这人面子硬，自然不松口。来人只得走了，走的时候依旧骂骂咧咧。

经常有这样的事，只要拎了东西，根叔便板着脸训人，还让人登记。没多少天，很多人都知道这事，儿子自然也知道。可儿子不问根叔，倒是根叔憋不住了，跟儿子说，这些日子，家里送礼的少了吧？儿子不动声色地说，我知道，都让您老给挡了驾。根叔又说，我这么做，你不生气？儿子答，怎么会，我也烦人送礼，又不便驳人脸面。根叔接着说，我也是见经常有人给你送礼，看着心里害怕。儿子拍着根叔的肩说，好了，有您把关，儿子一准出不了事。

儿子认可，根叔更是高兴，门卫的活干得是心花怒放，每每有人送礼，一律挡驾，挡得是理直气壮。时间一久，送礼的人便渐渐少了。

找儿子办事仍然不少，但已不像以往那般拎着东西，大都空着手。有人经过门卫室时，还主动进来跟根叔打招呼，还说，您老看仔细了，我可是空手来找局长汇报工作的。根叔便心情很舒畅地挥挥手，说去吧去吧。来人便挺着胸从门卫室走过而去。

就这样根叔一年如一日地当着他的门卫。这年过年，破天荒，儿媳妇跑了好几趟超市菜市场。

过完年也就个把月的一个月黑风高夜，一辆警车要进院子，照例给根叔拦了下来。警车上的人说找局长。根叔照例问，找局长什么事。来人只说有事。根叔问，是汇报工作吧？来人想了想说，就算是吧。根叔还问，不是送礼吧？来人愣了愣，送礼？送什么礼？根叔手一摆，不是送礼就进去吧。还给人指了儿子住的单元楼层。

警车进了院子，下来几个人进了儿子的家。

一会儿，根叔听得一阵吵闹声还有哭声，忙出来看，几个人带着儿子上警车，儿媳妇和孙子跟在后面哭喊着。根叔感觉不对劲，快步上前抓住一个人的手急切地问，你们这是干什么？那人说，老大爷，我们执行公务，你别多管闲事。根叔说，怎么是多管闲事，他是我儿子。那人说，是你儿子呀，告诉你吧，你儿子受贿，我们带他去检察院。根叔问，不可能的，你们会不会搞错了？那人又说，错不了，有证据的。说完推开根叔，警车呼啸着出院子而去。

根叔跟着警车跑了几步，然后停了下来，自言自语，我每天都在这守着的，没见什么人给儿子送礼呀！

碎 片

(1)

晨。六时。森林公园云翠峰顶。

陈森准时登上山顶。

陈总，早。山顶三三两两的，已经有几个晨练的男男女女，好几个跟陈森打招呼。

陈森笑着点点头，独自走到山顶左侧一块巨大的岩石上，坐下，面朝东方。这是陈森多年养成的习惯，虽然生意越做越大，生活也越来越没有规律，可这习惯陈森一直没有改。只要是在市里，哪怕是头天睡得再晚，陈森也会早起登上云翠峰顶，尽情呼吸着山顶清新的空气，等着太阳升起。

不多会，橘红色的光线从地平线上射出，随后一轮红日便好像负着重荷似的一步一步、慢慢地努力上升，初升的阳光渐渐映在了陈森的脸上、身上。

此时的陈森，心静如水。

(2)

上午。九时。某单位办公大楼。

徐春礼从保时捷下来，便有一个年青人迎上来，徐董事长，张局长在等您呢。

徐春礼跟着年青人来到九楼的一间装修很豪华的办公室，气派的老板桌后面坐着更气派的张局长。

张局长抽着徐春礼递来的烟，说，老徐，昨晚你可是把我灌醉了。

徐春礼诡秘地笑，张局长，是我将你灌醉的么？

张局长怔了一下，随后开心地笑了，你这个老徐，硬是懂得用美人计了，我可是一败涂地。

徐春礼仍笑，张局长是英雄，英雄自然难过美人关，不是吗？

哈哈哈……

然后便是签合同。

两个男人端起茶杯，以茶代酒，干了一杯。

徐春礼走了，走时落下了一只包。包里有什么，地球人都知道。

此时的徐春礼，心花怒放。

（3）

中午。十二时。金龙王酒店。

杨礼明请客，从来都是在最高档的酒店，所以今天也不例外。

大鑫鹏小区开盘，杨礼明在金龙王摆了几桌，请的都是有头有脸的贵客，除了一些生意场上的朋友外，不少都是经常上电视的角色。所以杨礼明只能赔着笑脸在酒店门口恭候。

哟，欢迎欢迎，您几位请上二楼，999包厢。

吴书记，您好您好，谢谢捧场。小雪已经到了，在888包厢。小满，带吴书记上去。

费总，您怎么才来？我可是等您半天了。您到三个7吧，帮我陪一下陈伟龙主任，可得陪好了。

……

一辆很不起眼的小车无声地开了过来，杨礼明快步迎了上去，拉开车门，满脸堆笑地将车内的人迎了出来。

大哥，真没有想到，您日理万机，还能给小弟面子，小弟可是受宠若惊了。请进请进。

杨礼明陪着这人进了酒店。

此时的杨礼明，心潮澎湃。

（4）

下午。三时。明月山庄。

欧阳青和几个朋友来到明月山庄休闲。

欧阳青喜欢明月山庄，除了景色美之外，山庄的女人更美。

便打麻将，赌得自然不小，没几圈，欧阳青已经输了好几万了。坐在腿上的女人急得团团转，在欧阳青的怀里兔子般乱窜，惹得欧阳青心神不宁的。

心神不宁的欧阳青让边上人替他一下，然后在众人的哄笑中将那女人带到隔壁的房间里。

女人原本妩媚，当欧阳青将一叠钱扔到她身上时，妩媚中更有一丝妖艳。

此时的欧阳青，心荡神迷。

(5)

晚。六时三十分。中心小区 35 幢 402 室。

儿子今天回家，所以杨柳多做了两个菜。儿子在县里工作，今天是出差到市里，顺便回一趟家。

这一年来，杨柳感觉儿子懂事多了，虽然不怎么说话，却是不停地给杨柳搛菜。

气氛有些闷。杨柳问了些儿子工作上的事，儿子也只是有口无心地回答着，像是有心事的样子。

杨柳关切地问，小冰，没发生什么事吧？

儿子答，没呢。妈，你放心吧。

杨柳仍说，那你好像有事的样子，有什么事可不能瞒着妈。

儿子沉默了。一会儿子说，妈，今天，是爸生日吧？

杨柳嗯了一声，叹息一声，然后说，乖儿子，还记得爸的生日。

儿子从餐柜拿出一瓶红酒和两个酒杯，满一杯浅一杯，妈，喝一杯吧，祝爸生日快乐！

此时的杨柳，心如刀绞。

(6)

晚。九时。东湖酒店。

这是市里唯一的一家五星级酒店，谢丽娜却是再熟悉不过了，她进了电梯，来到 1206 号房门前，伸着纤细的手指敲了一下门。

门开了一条缝，露出一对色迷迷的眼睛。

豪华套间里，橘黄的灯光下，男人搂着谢丽娜娇柔的身体，没有任何前奏，直接去脱谢丽娜的衣服。

谢丽娜伸手推开男人，嗔道，何县长，你真是急性子，人家还没准备好呢！

男人又将谢丽娜搂了过来，嬉笑着说，干这事，还用做什么准备。

男人火急火燎地剥光了谢丽娜的衣服，翻身将谢丽娜压在了身下。

此时的谢丽娜，心旷神怡。

(7)

……

(8)

晚。12时。平湖农场。

说是农场，其实是座监狱。

今天是你的五十五岁生日，晚饭的时候，管教给你端来一碗面，面里还卧着两荷包蛋。

此刻，你正呆坐在坚硬的床上，透过墙壁上高高的窗户，看星空，想心事。

你想着去年的今天，杨礼明在金龙王那个大得惊人的包厢里，给你祝寿。来的人不多，你不是那种过于张扬的人，不想将生日搞成庆典活动。不过，你认为该来的，一个不差都来了。你现在还清楚地记得，陈森、徐春礼、欧阳青，有一个算一个，都是响当当的人物。甚至连谢丽娜也来了，跟杨柳嫂子妹子的，亲姐妹样。

但就是第二天，你便失去了自由。

你知道，这些人，全都出卖了你。甚至在你坐牢的这些日子里，没有一个人来看过你。除了你的发妻杨柳，除了你的儿子……

此时的你，心如死灰。

领导都这样

王好原先在一个清闲单位当领导，有职无权，所以口碑一直很好。后来县里调整干部，恰巧一个油水单位的领导出了事，被纪委查掉了，而且这个单位之前几位领导也是被纪委查掉的，有点前腐后继的意思，所以县里下决心派一个谨慎本分的干部去，想来想去便想到王好。

于是，王好便走马上任了。

这样看来，王好应该算个好官。可好官大家不一定喜欢。领导吃肉，下面的人可以啃啃骨头喝喝汤，再不济也能闻闻香味，可王好连汤都不喝，下面的人就捞不到什么油水了。几个副职中层经常发牢骚讲怪话，只有张山不以为然，说领导都这样！

张山是单位办公室主任，属于王好身边的人。

好单位一般都客人多，尤其是王好新官上任。因公的好办，安排个便饭喝点小酒，但毕竟还有些朋友是来看王好的，王好便会请人到家里吃饭。这年头，请人到家里吃饭便是逐客，朋友脸色肯定好不了。次数多了，王好也觉得过意不去。

有一回，一个老领导来看王好，而且是打老远来的。快到了饭点时，张山便将王好请到一边，说在齐香阁安排了便餐。王好有些迟疑，说这样不好吧，人家来看我，又不是公事。张山说您是一把手，人家来看您，可以说到我们单位学习考察，也算是公事。张山见王好还下不了决心，又说，又不是您搞特殊，领导都这样。

王好不再固执，带老领导到齐香阁，虽谈不上盛宴，也不是便餐。

上级来人，热情客气是必须的，还得侍候吃好玩好。吃好不算太难，玩好却让王好头疼，尤其是陪客人玩麻将。王好也不是不会玩，但属于菜鸟级，而且即便是骨灰级的，也不可能总赢人钱，老输王好又没那经济实力。正踌躇时张山送过来一叠钱，王好问什么钱。张山不正面回答，只说局长放心，财务上我会处理好的。还说陪上级领导打麻将，也算是为了工作，那有工作自己掏钱的。王好仍觉不妥，说这样不好。张山又说，您又不搞特殊，领导都这样。

这样，王好不再坚持，每次陪客人打麻将都从单位开支。输了是单位的，赢了进王好的腰包。

经常出差，免不了有些开支，即有因公的，也有因私的。反正都是张山先掏钱，回来再结账，个人消费自己掏。有一回出差回来，王好让张山结账时，张山说已经处理了。谁都明白处理了的意思就是在单位报销了。

王好的脸色开始不太自然，说这样不好。张山说，出差在外，怎么分得清楚那些是因公开支那些是因私开支。还说，也不是您搞特殊，领导都这样。

王好想了想，不再吭声。以后出差仍这样。有时因私外出，张山也会将王好的住宿餐费等发票放在单位报销。

虽然如此，但王好总体上来讲还算谨慎。单位有项目资金，数额不小，王好却不直接管。但不直接管并不代表没人找他，经常有人找办事送红包。王好极谨慎，便是小意思也不肯意思。

有一回王好生病，不是太严重，在医院住了几天。来探望的肯定少不了，除了拿些水果营养品的，也有附带送个红包的。这里面肯定有对项目资金感兴趣的人。这些人知道王好不收红包，便托张山转交。王好很生气，狠狠批评张山，让张山将红包退回去。这回张山没有解释太多，只随意地说，领导都这样。王好便有些尴尬。

说到这，大家都感觉到了，王好渐渐有了变化，如何变化大家心知肚明。

转眼间，王好在单位呆了三年。

三年间，王好的日子是越来越滋润，心情更是如雨后阳光，心宽体胖的，整天乐得跟猴似的。

直到有一天，王好突然被纪委一个电话给叫走了，一直到晚上都没有回来。第二天，便传出王好被“双规”的消息。

那些日子，街谈巷议的主题便是王好。王好单位上的人也凑在一起议论，大家都弄不明白，王好这么谨慎的人怎么也会出事。张山在一旁静静地听，冷不丁插一句话，这有什么奇怪的，领导都这样！

忘记自己不是党员

李剞不是党员。

年轻时，李剞曾写过入党申请书，而且不是一次两次，本来党支部已经开过会准备发展他入党了，可组织部没有同意。不是李剞表现不好，而是统战部要将他作为党外干部培养。这样，李剞就留在了党外。

这年头，党外干部有时也是有好处的，因为结构需要，进步比党内干部反而更快一些，破格提拔的机会多，何况李剞还是重点培养的党外干部。

果不其然，没多久，李剞就被提拔当上了副局长。副局长当了没几年，县里换届了，就是因为结构需要，李剞便破格成了副县长。当然，是党外副县长。

因为李剞是党外干部，不是党员，或真或假，经常会有些人说些关于李剞的尴尬事来。

有一次开会，是李剞主持会议。参加会议的都是各部门的头，而且全部都是党员。会议内容是关于干部作风建设的。谈到作风建设，自然要谈到基层党组织建设及党员队伍建设。李剞的口才是极好的，他在讲话中着重强调，全体党员尤其是党员领导干部要以身作则率先垂范，加强干部队伍及干部作风建设。这些话说得一点问题没有，可因为李剞本身不是党员，只是个党外干部，所以这些话李剞说出来便有些别扭。散会后，有跟李剞熟一点的人就开李剞玩笑，你一个党外干部，怎么敢妄谈我党的基层组织建设问题，忘记自己不是党员了吧？李剞愣了一下，自我解嘲地说，还真是忘记自己不是党员了。

还有一次，李剞下乡检查工作，乡党委书记陪同李剞到了村委会，一不小心逮到村支部书记跟几个支委躲在村委会打麻将。李剞那个气啊，劈头盖脸一顿臭骂。乡党委书记见李剞骂得太厉害，忙出来打圆场，说打打小麻将而已，批评一下，下不为例。可李剞不依不饶，正经八百地给几个村支委包括乡党委书记上起党课来，从如何发挥村党支部的战斗堡垒作用谈到农村党员如何增强全心全意为人民服务的宗旨意识，将乡党委书记和村支委们说得头都大了。李剞是党外副县长，有些牛叉一点的乡党委书记根本不会将他放在眼里，所以这乡党委书记事后半开玩笑半认真地说，李县长，你是党外副县长，怎么管起我们党内的事来了？嘲讽的意思傻瓜都能听出来。

李剞不是傻瓜，自然也能听出来，虽然有些不快，但想想人家说得也对，便又自我解嘲地说，不好意思，我忘了我不是党员。

再说一件事，去年建党 90 周年，县委组织部开展了捐款活动，倡导全县党员积极捐款，帮扶农村困难老党员和城市下岗党员。李剞不是党员，活动自然没有通知他。但捐款活动组织得是有声有色，还在行政中心摆了一个捐款箱。李剞下班时，看到很多人都往捐款箱里投钱，便掏出一千块钱也投进了捐款箱。有人看见了，便说，李县长，这是党员捐款，你又不是党员。李剞挠挠头，不好意思地笑着说，糟糕，我又忘记自己不是党员了。

李剞所在的县是个湖区县，每年春夏之交便发大水。

今年的水极大，而且是突如其来的，凶猛的洪水转眼间将一个小村庄变成了一座孤岛，上百名群众的生命安全危在旦夕。县委书记亲临现场指挥抢救，并迅速组织了一支党员抢险队。李剞自告奋勇担任了党员抢险队的队长，带领几十名党员划舟泅水，冒着生命危险，将上百名群众抢救出来，转移到安全地带。

洪峰再次来临。看着如猛兽般的洪水涌进村庄吞噬着民房，县委书记倒吸一口凉气。

县委书记发给坐在地上喘着粗气的李剞一支烟，突然想起什么，说，李剞，你又不是党员，怎么当了党员抢险队的队长？

李剞笑了，样子傻傻的，看我这记性，又忘记自己不是党员了。

县委书记也笑了，笑得很爽朗。

给你老婆买件连衣裙

周日，我独自在家写小小说，写到感觉不错时，便接到王岚打来的电话。王岚在电话里头说，哎，我看到一件连衣裙，又时尚又便宜，要不，给你老婆买一件吧，她穿上绝对漂亮。我问多少钱啊，王岚说不贵，才380。确实是不贵，至少对我来说不算太贵，虽说每月几千的工资都进了“国库”，毕竟稿费也能挣个不少，于是便洒脱地说，买，不就380么，我付钱。

又是周日，我仍在家写小小说，写到情深意切时，便接到王岚的电话。王岚在电话里头说，哎，我又看中一件连衣裙了，今年最流行的款式，帮你老婆买一件吧？我说上个礼拜不是刚买了一件吗？王岚说，一件怎么够，连换洗都没有怎么行呢？我接着说，去年不是买了好几件吗？都还是好好的，怎么就不能穿了。王岚说，去年的裙子款式都过时了，怎么还能穿呢！我有些无奈地问，多少钱？王岚便笑了，说不贵，一点都不贵，原价880，打六折，才500多一点。我摇摇头，好吧，你买吧，过天给你钱。

还是周日，我依旧在家写小小说，写到心潮涌动时，便接到王岚打来的电话。王岚在电话里头说，我在歌莉娅专卖店，有一款连衣裙可漂亮了，简直就是为你老婆设计的。我紧张起来，不会又想给我老婆买吧，再要买我可没钱了。王岚说怎么会呢，你的稿费呢？我没好气地说，我不过是写了几篇小小说，稿费再高每篇也不过百来块，能有多少稿费呀！电话里的王岚显然不高兴了，买不买随你便，我还不是想把你老婆打扮得漂亮些，这样也能配得上你这个作家呀！再说……我截断王岚的话，好了好了，我知道你是为我着想，我同意买行了吧！不就是钱吗。哦，对了，要多少钱？王岚支支吾吾地说，也……不贵，不到1000块，可裙子真的漂亮极了。我咬咬牙，买吧，1000块，我加班加点写他个10篇小小说。

仍然是周日，我再次独自在家写小小说，边写边有些忐忑，两个小时过去了，电脑上只写了一个标题。果然，王岚又来电话了，你老婆说她没裙子穿。我没好气地说，还没裙子，衣柜里都放不下了，花花绿绿的，万国旗样，不是又帮我老婆看中什么裙子了吧？王岚笑了起来，你真聪明，一下就猜到了。我哼了一声。王岚接着说，我还真帮你老婆看中了一件连衣裙，梦露的，可是国际品牌哦！原价2080，现在搞活动，打88折呢。我果断地说，随你便，反正我现在是一贫如洗，一个子都没有。王岚有些惊讶，不会吧，上半年的稿费全用光了？我说你帮我算算，这个夏天你给我老婆买了多少件连衣裙，我那点稿费，怎么经得起你这么折腾？王岚说，我怎么折腾你了？都是给你老婆买的，又不是给我买。我没吱声。王岚又小声地问，你真的没钱了？我说真的没有了，一分都没有了。王岚又问，那你往后还写小小说么？我说当然要写。王岚的声音又轻松起来，那就好办，我先给你垫着，等你凑够了稿费再还我。我可不收利息，这样成吗？我终于忍不住了，绝对是哭丧着脸说，老婆，你就饶了我吧，我下次陪你逛街还不成吗！

……

找领导谈话

"砰"的一声，门被撞开了。

张山抬起头，夹杂着惊愕和恼怒的表情霎时便漫过脸颊。

男人黑脸，铁塔一般的汉子，丝毫没有顾及张山的反应，大咧咧往沙发上一倒，晃悠着二郎腿。我想找你谈谈。男人说着，从茶几上的中华烟盒中抽出根烟来，叼在嘴上。

张山突然笑了，边笑边从老板椅上站起来，挪到沙发坐下，摸出只一次性打火机，"啪"地打着，递到男人跟前。

男人任由张山将烟点着，深吸一口，吞云吐雾。不错，到底是中华。又说，你还不认识我吧？我是……

我认识你。张山说，我虽然到任不过一个礼拜，要是连大名鼎鼎的李贵都不认识，可不就失职了吗。

我便是李贵，想找你谈谈，不会不欢迎吧？李贵脸上现过一丝得意来。

怎么可能，我也正想找你谈谈呢。张山也点了一根烟，如李贵一般吞云吐雾。

找我？你们这些当官的会找主动找我？李贵有些惊讶。

怎么不能找你了？张山吸一口烟说，我初来乍到，自然得找一些业务骨干了解了解情况。

听你的意思，我也算是局里头的骨干？笑我呢？李贵不高兴了，将烟死劲掐灭在烟灰缸里。

张山真的笑了，却是那种坦然的笑。

你是上饶大学毕业的吧，学的是工商行政管理，毕业后分到我们局里，当时应该是局里唯一的大学生，对吧？张山不动声色地说。

不错。李贵也不动声色。

你是九一年毕业的，一直在业务科，业务科科长换了好几任了，你却没有挪过窝，对吧？

不错。

那么在这块业务上，你们科里头还有人比你更熟悉的吗？

那是！李贵的二郎腿抖了抖。

张山看着李贵，看了一会，便摇了摇头。

你摇头什么意思？李贵疑惑地问。

没什么意思。张山又摇了摇头，然后慢条斯理地说，我只是不明白，像你这样的正牌大学生，局里不可或缺的骨干，怎么连个副科长都没当上。

李逵你知道吧？水泊梁山的黑旋风，路见不平，拔刀相助，我就是这样的人。哪个当官的能喜欢我这号人？李贵将双手抱胸，依旧抖着腿。

这不一定，关键得看你的目的动机是什么。张山也是双手抱胸，眼睛盯着李贵说，如果你是为了工作，不唯上，只唯实，敢于说真话，不见得所有领导都不喜欢。

那你喜欢我这号人吗？李贵问。

你说呢？张山答。

李贵便笑了。

张山也笑，顺手拿过烟盒，先递给李贵一根烟，然后打着打火机，将自己的烟点着，再准备给李贵点时，李贵迟疑了一下，伸手接过打火机，自己将烟点着。

张山站起身来，走到办公桌边端起茶杯喝了口茶，突然像是想起什么，回过头问李贵，你喝水不？给你倒杯水吧？

李贵站了起来说，不用，不用，我不喝水。

张山没有回到沙发上，而是在老板椅上坐下来，又喝了口水，想了想说，现在局里正副科长缺额好几个，我准备花点时间了解一下干部情况，下一步考虑逐步将这些位置配齐，你是局里的老同志了，得为我参谋参谋。

李贵移步到张山的办公室桌前，面前有一张椅子，李贵却没有坐下，笑着说，参谋可不敢，您张局长瞧得起，我李贵知无不言就是。

哦，对了。张山用夹着烟的手点着李贵说，还有你自己，一方面要一如既往地做好本职工作，同时要特别注意跟同事搞好关系，班子里可是好几个都对你有些看法。

李贵点着头说，是，我听局长的，一定好好工作。

这就好。张山将还有半截的烟掐灭，接着说，像你这样的骨干，我还是会重点考虑的。

谢谢局长，谢谢局长。李贵说，边说边从口袋里掏出盒烟来，抽出一根双手递给张山，烟差点，局长抽一根。

张山说，不差了，金圣，20好几一盒呢。烟叼在嘴上，“啪”的一声，李贵便将打火机点燃在张山的鼻子前。

张山吸了一口，皱了皱眉头，往老板椅上一靠，突然像是想起什么，便问李贵，你刚才不是说要找我谈谈吗？你看，光顾着听我说了，你还没说呢。

李贵便是一脸的尴尬。

李贵说，也……也什么，就是想……想向局长汇报一下思想。

哎呀！张山想了想说，你看我手头有些要紧的事得处理一下，要不，你抓紧时间？

没关系，我还是下次再汇报。李贵搓着双手说，局长您忙，我就不打扰了。

那行，下次抽空再听你的意见。张山说着，拿过一份文件低头看了起来，不再搭理李贵。

李贵走了，走出办公室时将门轻轻带拢。

1987 年的拼爹

1987 年冬天的盘山垦殖场，如往年一般寒冷。

小虎坐在总场门口的操场上晒着太阳，木木地想着心事，温书记走到身边才察觉。

“小虎，还是回家一下，跟你爸再说说。”温书记在小虎让出来的凳子上坐了下来。

小虎苦笑着：“没用的，说也白说。”

“再试试吧。”温书记清了一下嗓子：“我刚从县里回来，大家都在跑，其实你父亲不反对就成。”

小虎有些心动：“那我明天回去一下？”

温书记抬手看了下表：“还赶得上，马上走。”

小虎搭上了末班客车。客车在蜿蜒崎岖的泥泞公路“吭哧吭哧”了两个多小时，才到了县城。

父亲喝着小酒，头也不抬地说：“我以为你不要这个家了呢。”

小虎闷头扒饭，终于忍不住：“爸，你真的不同意我进城？”

父亲喝了一口酒：“我没不同意，我只让他们按规定办。”

小虎将筷子搁在桌子上：“大家都在找关系，你倒好，不出面也就罢了，人事局报上来了，你还给打回去。”

父亲抬起头，冷眼盯着小虎：“你以为你是县长的儿子，就可以搞特殊？”

“县长的儿子怎么了？县长的儿子就要呆那鬼地方受罪？”小虎冷冷看了父亲一眼，饭也不吃，回到房间生闷气。

翌日晨，冬天的阳光起得晚，而父亲早早将小虎从被窝里拎了起来。“跟我走。”父亲沉着脸，表情很严肃。

小虎跟着父亲坐上普桑，在车上，父子俩都不吭气。小虎不知道父亲要带他去哪，只是车子行进的方向是盘山，让小虎不解。

小车开了一个半小时左右，到了盘山垦殖场。父亲没有下车，招呼等候在门口的温书记一同上了车。

父亲说：“去林畈。”

车子在更加狭窄的山路上又开了几十分钟，便没了路。三个人下车沿着崎岖

的山路前行。温书记跟父亲走在前面，讲着什么有趣的事情，父亲不时发出爽朗的笑声。小虎则没有兴致，只默默跟着。

走了近一个小时，山窝里出现了几幢破旧的瓦房。几个老乡在瓦房边菜地里干农活，三两个拖着鼻涕的小孩则跟在屁股后面跳着叫着，“来客人喽，来客人喽。”

在一幢挂着林畈分场招牌的屋前，温书记叫着：“老水，老水，来贵客了。”应声出来一个四十来岁的汉子，小虎认得是林畈分场的场长老水。

“哎呀，果然贵客临门，我说一大早喜鹊怎么叫个不停。”老水死劲握着父亲的手：“戴县长，你可有日子没来了。”

父亲说：“没办法，杂事缠身，所以我将儿子派到场里来了呀！”

老水说：“你儿子？谁是你儿子？”

温书记说：“远在天边，近在眼前，戴小虎呀，你不知道呀？”

老水看了一眼小虎，拍着脑袋说：“瞧我这眼力劲，可不是吗，跟戴县长年轻时一个模样。”

差不多已是中午了，老水让老婆做了几个菜，一碗蒸咸肉，几个荷包蛋，两盘青菜，当然还有一壶烧酒。

喝着酒，说着话。父亲问：“老水，在林畈多少年了？”

老水哈哈一笑说：“戴县长这话问的，我自打一出生就没离开过，你算算多少年了？”

父亲又问：“没想过进城？”

老水说：“年轻时想过，现在不想了，这山山水水的，有感情了，舍不得喽。”

父亲意味深长地说：“是啊，你在这山沟里一待几十年，都待出感情来了。可有的人，只待了两年就待不住喽，还想借着老子的权力往城里跑。”

小虎知道父亲说他，可他并不服气，我是县长的儿子，老水是什么人，想进城，也得有条件呀！

父亲显然猜出了小虎的心思：“小虎，知道老水的父亲是谁吗？”

小虎摇摇头。

父亲说：“解放前，在盘山的崇山峻岭中，曾活跃着一支游击队，领导这支队伍的叫做方克兴。小虎，这你不会不知道吧？”

小虎说：“当然知道，解放后方克兴还当过县委书记。”

父亲点点头说：“方克兴有一个儿子，唯一的儿子，知道是谁吗？”

小虎没有回答，眼睛却朝老水看，表情复杂。

父亲说：“不错，老水的父亲，曾经是我们的县委书记。”

……

寂寞如诗

夜晚，王丽来到情人林时，唐栋还没有到。

王丽想，老是迟到，没一次准时的，杨一就从来不会。王丽想到了杨一，脸上火一样烧起来。

王丽在游步道上走了一段路，遇见了几对手挽手的恋人，当然，也可能跟王丽唐栋一样，是情人。王丽怕遇见熟人，便在一张被茂密灌木遮挡的石凳上坐下，一边等着唐栋，一边无聊地打量着四方。

不远处的另一张石凳上，有一个男孩跟一个女孩相拥着，喃喃地说着什么。

王丽不想听小情人谈情说爱，可林子里很静，男孩女孩说的话虫子样钻进耳朵里。

女孩说，我们背诗吧，一人一首，看谁背得多。

男孩“嗯”了一声。

女孩说，那我先来。

女孩便背起诗来：未见你时，我不悲伤，更不叹息；见到你时，也不失掉我的理智，但在长久的日月里不再见你，我的心灵就像有什么丧失，我在怀念的心绪中自问——这是友谊呢，还是爱情？

女孩的声音幽怨，不像女孩这般年龄应该有的。背过之后女孩说，该你了。

于是男孩低沉的声音响起：周遭的变迁，未曾改变我对你的思念，漫漫长夜，无不被你的身影所萦绕；我在这个冬季许下一个心愿，爱让整个冬天充满阳光；你的微笑总浮现在眼前，时时激起对你的思念，挣脱不了命运的羁绊；在你耳边说着情话，你可知生命因你而绚烂，所以我要告诉你，我爱你！

男孩背到这，将女孩拥进怀里，低着头，很显然是在吻女孩。王丽忙将眼睛移开，男孩亲昵的举动让王丽的心跳加快了起来。

这个时候，唐栋来了，在游步道上吹着口哨，左顾右盼。王丽从灌木后探出脑袋招呼着，看什么看，在这呢。唐栋笑了，闪身来到王丽的身边。

想死我了。唐栋说着，一把将王丽搂进怀里就要亲嘴，亲了一下被王丽用手挡开了。王丽说，每次都这么猴急，有人看见了。

唐栋不以为然地说，谁看我们呀，人家自己都忙不过来呢！

唐栋不由分说亲着王丽，手伸进了王丽的衣服里胡乱摸着。王丽推了几下，推不开，任由唐栋胡作非为。

林子里灯光迷离，王丽的心绪也迷离了。与唐栋拥着来到林子深处，肆无忌惮地亲热着。

完事后，王丽跟唐栋又回到石凳上坐。王丽牵着衣服理着乱发，嗔了唐栋一眼说，就知道做这事，也不知道羞。

唐栋一脸坏笑地说，不做这事做什么事？还不都一样。

王丽说，谁说都一样，你看人家那边。王丽说着，将眼睛朝边上那一对恋人看。

男孩女孩仍旧依偎坐在石凳上，很显然还在相互背着情诗。

男孩：我的世界不允许你的消失，不管结局是否完美；凋谢是真实的，盛开只是一种过去；为什么幸福总是擦肩而过，偶尔想你的时候，就让回忆来陪我。

女孩：第一次听到你对我说我爱你，我的世界一瞬间鲜花绽开；爱情在指缝间承诺，指缝在爱情下交缠；感受梦的火焰，感觉飞舞瞬间；心碎了，还需再补吗?

女孩背到这里的时候，声音有些哽咽。

男孩：天空没有翅膀的痕迹，而鸟儿已飞过；假如每次想起你我都会得到一朵鲜花，那么我将永远在花丛中徜徉；有了你，我迷失了自我，失去你，我多么希望自己再度迷失；每一个沐浴在爱河中的人都是诗人，在回忆里继续梦幻不如在地狱里等待天堂。

女孩：……

寂静的夜晚，斑驳陆离的灯光，映衬着恋人的情诗，真的很美，美得让王丽不想再说一句话。

这夜，王丽感到寂寞，很遥远的寂寞。

醒来，又一个清晨。

王丽早早地沿着信江河散步，走过城边的拐角，又来到了情人林。

林子边上围着一圈人，一辆警车在闪着灯。王丽不是那种喜欢看热闹的人，便原路往回走。

这天下午，王丽在单位上班，晚报上一则消息引起了王丽的注意，说是晨练的人在情人林发现了一对殉情的恋人，女孩是城里人，而男孩则是从农村来打工的。晚报上还说，女孩家的条件很好，父母坚决反对女儿跟一个农民工恋爱，甚至以死相逼。

王丽看完这则消息后有些木然，眼眶里有液体样的物体在萦绕。

王丽打了个招呼后离开单位回家，路上给唐栋发了个短信：不要再找我了，我们分手吧。不要问为什么，我只想过安稳的日子。

王丽删除了唐栋的号码，迟疑片刻，又拨了一个电话，声音有些颤抖地说，杨一，晚上回家吃饭好吗？……

烟殇

王好当处长后，家里的客人便多了，经常有人登门夜访。

光顾王好家的客人大多是来汇报工作的，如时下讽刺小说里写的那样，客人汇报工作一般都顺带送礼，有烟有酒，但更多的是红包。王好是个胆小谨慎的人，烟酒之类还是会收的，红包则一概不收。

王好不抽烟不喝酒，酒好办，孝敬老父亲便是，而烟则不好办，全家没一个抽烟的，只有放在家里当摆设。

王好有个朋友，是摆烟摊的，一日到王好家玩，王好给朋友发烟抽，可连开几包烟，都是发霉的。王好说，都是人家送的，不收又不近人情，收下来，可我又不抽烟，都发了霉，真是可惜了。朋友说，你也真是的，你不抽烟，不会拿给我，我按进价给你钱。王好说，这样恐怕不好吧！朋友说，怎么不好了，很多当官的都这样。王好动了心，找出几条没有发霉的给了朋友。

烟都是好烟，价格不菲，朋友给了王好几千块钱。

这次以后，王好的朋友就经常到王好家来拿烟。可王好不抽烟，给王好送烟的人便不是太多，有时下乡或到别的单位检查工作，一同去的几个抽烟的人都有人拿烟，偏王好没有。这时，烟在王好眼里便成了钱，心里便有些不乐意，回来和妻子说起，妻子便说，要不，你也刁根烟做做样子？王好想了想说，也行，反正不吸进去，不容易上瘾，人家见我抽烟，自然就会给我送烟。王好立马就点了根抽，直呛得是一把鼻涕一把泪的。王好还说，简直是受罪，这玩意怎么那么多人喜欢，真是奇怪。

尽管是受罪，王好从此还是抽起了烟。有人见王好抽烟都奇怪，像发现新大陆一样，王好解释说，工作压力大，抽根烟缓解一下。

渐渐，很多人都知道王好抽烟了。

到王好家拜访的人依旧很多，依旧是汇报工作外带送礼，送的礼依旧是烟酒红包什么的，不同的是送烟酒的多了送红包的少了，王好依旧是烟酒之类收下而红包一概不收。王好下乡或到别的单位检查工作，也经常是带好几条烟回家。

虽然没有收过一分钱，王好家的存款增长速度却不慢，更为关键的是，因为从不收钱，所以王好的名声很好，大家说起王好来，都竖大拇指，说王好这人不错，找他办事，顶多抽几条烟。王好的官越当越大也就是顺理成章的事了。

不久，王好成了单位的一把手。

不过，王好烟是抽上了瘾，一天两包烟有时还不够，成了单位里数得上的烟枪。烟虽然越抽越多，但王好的朋友每次到王好家来拿的烟也是越来越多，到后来，王好的朋友还介绍了一个摆烟摊的人给王好认识，这人也隔三差五地到王好家里拿烟。

因为不收钱，所以王好夫妻花起钱来不像有些贪官样藏藏掖掖的，王好全身上下都是名牌，而妻子则打扮得珠光宝气的，房子住得很大，儿子也送到上海去读书，开支自然也不会小。

王好便被反贪局给盯上了。

反贪局调查王好用了好几个月，可查来查去，除了查出王好抽了人家几条烟外，就是没有查出王好有经济问题。

那天，反贪局的人向王好反馈调查结果后，私下对王好说，王局长，我查了那么多领导干部，你是唯一过得硬的。

王好听得是心花怒放。

那天，王好让妻子烧了几个好菜，破天荒地喝起了酒，当然是边抽烟边喝酒，也不知是喝多了酒还是抽多了烟，或许两者有之，总之王好醉了，醉得是一塌糊涂，第二天都起不了床。

妻子把王好送到医院，医生给王好做了检查，检查过后医生问王好，王局长，你抽烟不？王好说，抽，烟瘾大着呢。医生说，还是戒了吧。王好说，戒过几次，越戒瘾越大。医生的表情便有些怪怪的，这回，恐怕不戒不行喽。

说到这，大家知道王好抽烟抽出病来了，而且是不小的病。

确实，王好得了肺癌，而且是晚期。

王好闻知后木然，许久，颤巍巍地摸出根烟来，点着，深深地吸了一口。

再也不陪你吃饭了

我带队到一个县里去检查。虽然我的官不大，但毕竟是代表上级部门；虽然检查的也不是十分重要的项目，但毕竟要评比，所以县里还是很重视的。县政府分管这项工作的陈副县长和对应局的王局长全程陪同，还说中午主要领导要来陪我吃饭。

检查是按程序走的，不用赘述。

检查结束后已近中午，陈副县长带我们到县里最好的酒店用餐。等了一会，汪县长便风风火火赶到了。

我跟汪县长曾打过几次交道，也算是老朋友，所以双方见面气氛很好。简单寒暄后便上菜上酒。汪县长对我说，熊组长，中午我可要好好陪你喝两杯。

我说，我不喝酒，戒酒都快十年了。

汪县长说，那不行，我是专门来陪兄弟你喝酒的，连市领导我都不陪，这点面子你也不给？

我仍坚持不喝，还说，真不能喝，一滴都不能喝，身体原因，喝了有生命危险。

话说这份上，汪县长自然不再强求，还说，不喝更好，这整天陪客喝酒，谁也受不了，今天中午正好休养生息。

我情知汪县长好酒，可以说隔餐不隔天的，便善解人意地说，汪县长，要不你喝点，谁不知道你是酒仙呀！

汪县长摆摆手说，不是没法子吗，其实我没有酒瘾，一点都不喜欢喝酒。还交代县里其他陪客的人说，陈县长、王局长，我陪张组长喝饮料，你们陪检查组的吴科长、陈主任几个好好喝几杯。

于是，汪县长便陪着我喝葛老凉茶，其他人则喝的是全粮老窖。

兴许是因为我跟汪县长都没有喝酒，所以喝酒的几个有些拘谨，只按照一般程序随意敬酒，都只是意思意思，一点都没有喝酒的那种热闹气氛。我无所谓，倒是更希望快点吃完好早点赶到下一个县，但汪县长显然有些不高兴了，责怪道，你们这叫喝什么酒，陈县长、王局长，你们两个好好敬一下他们，要满杯才行。

陈副县长半开玩笑半认真地说，我跟王局长酒量都不行，一杯肯定干不了，要不汪县长你亲自出马？

汪县长说，嗯，我还是算了吧，好不容易躲一次清闲，还是自自在在陪我们熊组长喝饮料吧！

说着，汪县长吧唧着嘴，那喉结也随之上下蠕动着。

我说，汪县长，你还是喝点吧，要不没气氛。

汪县长犹疑一下，试探着说，要不我俩都意思一下？

我不容置疑地说，我不能喝，好不容易戒了，这辈子不会再沾酒了。你不一样，你本身就喜欢喝一点。

汪县长尴尬地笑了一下，说，谁说我喜欢喝酒，我一个人在家从不喝酒。还说，既然你不喝，我也不喝，就陪你喝饮料吧。边说还边端起饮料敬了我一下，那喝饮料的样子，分明跟喝酒一般。

汪县长不喝酒，这气氛便上不来，大家仍完成任务样你敬我一下我敬你一下，无论是酒还是饮料都只是细细地抿。在温温吞吞的气氛中，不过三五十分钟，一顿饭草草结束。

汪县长喝完最后一口汤，很舒服的样子打了个饱嗝，然后说，真舒服，不喝酒真好。

吃完饭后，汪县长很客气地送我到车边上，我跟县里的同志一一握手告别。跟汪县长握手时，汪县长终于忍不住地跟我说，下次来不要告诉我，我再也不陪你吃饭了，一点都不好玩。

我愕然！

寻找李建华

杨老七决定去找李建华。

赶了两个小时的山路，坐了两个小时的客车，杨老七到了县城。在大街上，杨老七问了好几个人，有人说：你到县政府去找，那有好几个叫李建华的。

杨老七找到县政府大楼，一个穿着制服的人很客气地问：老人家，你找谁？

杨老七说：我找李建华。

那人又问：哪个李建华？

杨老七说：就是涨大水那年在我们村抢险的李建华。

那人有些为难的样子：这可不好找。想了想说：信访局有一个叫李建华的，我带你去看看。

那人带着杨老七到一个办公室，对办公室里的中年男人说：李局长，这老人找李建华，是找你不？

中年男人笑着问：老人家，找我什么事？

杨老七说：我不是找你，我找的李建华比你年轻，涨大水那年在我们村抢过险。

中年男人说：这幢楼里好几个叫李建华的。又问：你找李建华有什么事？可以跟我说吗？

杨老七支支吾吾的：当……当然可以。

中年男人说：你坐下说，我给你倒杯水。

杨老七接过中年男人递过来的水杯说：前年家里做了幢屋，乡里不给办证，说不符合规定，可隔壁的老歪、前头的福仔都办了。我想让李建华给乡里打声招呼。

中年男人拿笔在本子上记着，边问边记，不多会便记好了：老人家，你先回吧，过几天给你答复。

杨老七有些踌躇，心里想：这李建华我又不认识，能替我把事办喽？便说：我还是想找一下李建华。

中年男人想了想说：要不你去监察局，那也有个李建华。

在中年男人的指引下，杨老七找到监察局，问了一个丫头。那丫头大声叫：李局长，有人找你。一个高个男人走过来，杨老七说：不是，我找的李建华没这么高。

高个男人也说：叫李建华的太多了，老有人搞错。信访局有一个李建华，是不是他？

杨老七说：我刚到信访局，就是那李建华让我来的。

高个男人又问：你找的李建华是哪个单位的？

杨老七说：是县里的干部，涨大水那年在我们村抢过险。

高个男人接着问：找他有事吧？

杨老七说：也没什么事，就是前年家里做了幢屋，乡里不给办证，说不符合规定，可隔壁的老歪、前头的福仔都办了。我想让他给乡里打声招呼。

高个男人叫住那丫头：这老人家是来反映问题的，你接待一下。又跟杨老七说：老人家，你把事情先跟她说一下，我去开个会，明天替你落实，行不？

杨老七很感激的样子：那敢情好。

于是便将事情跟丫头说了，完了杨老七问丫头：除了信访局和监察局，还有谁叫李建华？

丫头咬着笔头说：李县长也叫李建华，要不你到五楼去看一下。

杨老七到了五楼，看到有一个办公室门开着，便走了过去。办公室里一个年轻男人过来问：老人家，你找谁？

杨老七说：我找李县长。

年轻男人说：我就是李县长。

杨老七看了看，摇了摇头说：不对，不对。

年轻男人笑了：怎么不对，我就是李县长。

杨老七也笑了：我不是说你不是李县长，我是说你不是我要找的李建华。

年轻男人说：你不是找我呀！信访办和监察局也有叫李建华的，我让人带你过去看看吧。

杨老七连连摇头：不用、不用，我刚从那过来。

年轻男人问：你找的李建华是干什么的？

杨老七说：我也记不到了，涨大水那年他在我们村抢过险。

年轻男人自言自语：那可就不好找了。又问：老人家，你找李建华有什么事吗？

杨老七说：前年家里做了幢屋，乡里不给办证，说不符合规定，可隔壁的老歪、前头的福仔都办下来了，也不知道是怎么回事。

年轻男人“哦”了一声：我知道了，你想找李建华，让他跟你出个面，打声招呼，是吗？

杨老七点点头。

年轻男人又说：你是哪个村的，叫什么名字，回头我让人了解一下，可以吗？

杨老七又点点头：那敢情好。

年轻男人拿一个小本子，将杨老七说的记了下来，又掏出二十块钱塞给杨老七：大爷，这事我会替你处理的。天色不早了，早点回吧。

杨老七拿着二十块钱，眼睛里有些湿湿的。

杨老七唱着多年没有唱的山歌进了村，遇见了村长。村长问：老七叔，找着李建华了。

杨老七咧着嘴笑：找着了，找着了。

村长又问：李建华在哪上班?

杨老七答道：我也说不准，反正是找着了。

村长说：又说找着了，又不知道在哪上班，吹牛吧。

杨老七不说话，仍唱着山歌，走了。

过了一天，又过了一天，乡里来了俩人找杨老七，给杨老七的屋办了证不说，还不停的道歉。

杨老七拿着新办的证找到村长，得意地说：我说找着了吧，还不信。

车过盘岭

天下起了雨，我在弋万线上开着夜车，猜想此刻盘岭的山路定是越发泥泞了。

盘岭，由弋阳通往万年的必经之路，原先车不多，主要是两地的车来车往，虽然只是沙石路，但还是能够承受。前不久，320 国道发生一起重大车祸，其中一座大桥严重损坏，去南昌的车，只好由盘岭而万年而余干而南昌。如此一来，盘岭的山路便不堪重负，不到一个月，就成了一条烂路。那段时间，因为工作上的缘故，我经常在弋阳和万年之间来回跑车，隔个几天跑一趟，经常在盘岭堵车。

雨越下越大，差不多已成瓢泼。路上，遇到一队车迎面开来，大车小车不下二十辆，这说明前面堵车。果然，车开到离盘岭山脚还有五六里地的马山村时，被堵的车辆已是排到村里了。

我挨着最后一辆车将车停好。尽管心情有些焦急，却也是无可奈何，只有耐着性子等候。

因为盘岭恰巧于处于弋阳跟万年两县交界，两个县的交警都派了人维持秩序疏导交通。盘岭山高路陡，弯道、险道多，天晴还好，一下雨，极容易发生事故。所以，车过盘岭都由警车做引导车，单向放行，只要一堵，就不是几十分钟的事。

约摸等了有半个来小时，对面有一队车开了过来，二十好几辆。不多会，我前面的车便动了起来，我发动车跟着缓缓前行，但开了不长又开不动了。

只好老老实实地停车等候。

又过了半个来小时，我的车终于爬到了盘岭山脚，在我的车之前只有不到十辆车，其中还有一辆是闪着警灯的引导车。

此时，雨渐渐地停歇了下来，我的心情终于轻松了一些，点一根烟听着音乐，等引导车带着我们过盘岭。

二十几分钟后，对面又在引导车的带领下过来了一队车。长长的车队从我的车边通过后，我随即发动起车来。但奇怪的是，几分钟过去了，前面的车却没有丝毫动静。大家焦急起来，一时间响起各种喇叭声来，好几个司机跑到前面去看情况。

我也下车跟着司机们一起来到前面。有几个在离警车不远的路边说着话，应该是前面几辆车的司机，看到我们几个骂骂咧咧地过来，一个中年司机迎上来拦住了我们。

“怎么回事？怎么还不开？”我急促地问，边问边朝警车走去。

中年司机拉住我说：“再等一会吧，警察睡着了。”

司机们嚷嚷起来，其中一个说：“把他叫起来，我去叫。”说着就向警车走去，却又被中年司机拦住了。那人急了，甩开中年司机的手，“你搞什么鬼？你要怕警察你一个人在这里等，我们还有急事呢。”

司机们一起走到警车跟前，正要敲车门时，“等一下。”中年司机跑过来，一脸真诚地说：“再让他睡五分钟吧，听协警说，从昨天晚上到现在，这个警察一直在这里值班，两天没有休息了。”

包括我在内，司机们霎时木在那里，谁也没有吱声。

你也配吃农家饭

小易随领导到扶贫村访贫问苦。

去了很多人，除了领导外还有副领导，还有办公室主任，到了乡里陪同的又有小一圈的领导和副领导，小一圈的办公室主任，小易不过其中小小的跟班。

于是一大批的正副领导还有办公室主任，一家一家地访贫，一户一户地问苦，电视台的摄像机不停地转，报社的照相机不停地闪。

一会的功夫就到了中午，领导问，午饭在哪里吃呀？

乡里的领导说，乡里条件差，也没有一家上档次的酒店，只好安排在醉仙楼了。

领导的脸色沉了下来。领导严肃地说，不去醉仙楼，联系一家农户，我上他们家吃农家饭。记住，不许加菜。

领导的意见乡里领导不敢违背，忙不迭地安排人去联系。

不多会，乡里领导就领着领导及一大帮子人来到一户农户家吃午饭，桌上几个大碗，尽是些青菜萝卜之类，领导带头装了一大碗米饭，香喷喷地吃，边吃边和农家老大爷大谈农村脱贫农民致富的前景，而摄像机又不停地转照相机又不停地闪。

小易和其他人便也随领导一样，装一碗米饭填肚皮。

饭后领导带头掏了10块钱搁在桌上。

当晚的电视和次日的报纸都在头条报道了领导吃农家饭的消息。

也说不清过了多久，有一天小易独自一人去扶贫村。小易也是先到乡里，小易不是领导，乡里领导不会亲自陪同前往扶贫村，不过乡里领导安排了办公室主任陪小易去。

小易到村里后办了很多事，办的是什么事倒也不必细说，反正都是些琐碎的事。

快中午时候，主任说，小易，我们去醉仙楼。

小易说，干吗要去醉仙楼，联系一家农户，我们上他们家对付一餐。

主任说，都联系好了，乡里领导也在等你呢。

小易仍坚持要上农户家吃。

主任就做小易的工作，还说，小易，你不要为难我，要不你先去醉仙楼，自己和乡里领导说去。

小易也觉得不好为难主任，就随着来到醉仙楼。

小易和主任到了醉仙楼时，乡里领导和几个人已经吃开了，喝酒行令的，很是热闹。

乡里领导说，小易，快来快来，没等你了，边吃边等，不算心狠。

小易说，我想到农户家吃农家饭。

乡里领导愣住了，不可思议地瞅了小易，你说什么？

小易又说，我想让主任联系一下，去吃农家饭！

乡里领导笑了，说，小易呀，这菜都上了，不吃就浪费了，要不今天你就在这对付着吃，下次你再来，一定安排你吃农家饭，行不？

小易固执地说，不行，上次领导来都是吃农家饭，领导都吃农家饭，我怎么能不吃呢。

乡里领导脸色不好看了，沉声问，小易，你是存心让我难看是吧？

小易说，不是，我只是想学习领导，吃农家饭。

乡里领导盯着小易看，看了好一会，然后火冒三丈地说，你以为你是谁？你也配吃农家饭！

小易也盯着乡里领导看，一时没弄明白乡里领导为什么发火。

培　养

平喜欢提反对意见。大学时，平是大学生辩论赛的反方队选手，而且是总结陈词的选手，所以大家都称平为反方意见。毕业后，平被选拔到黄源乡工作，也就是所谓的选调生。

参加工作的平依旧和大学时一样，喜欢提反对意见。乡里开展机关作风整顿，实行上下班签到制度，平就提出了反对意见。平说，作风整顿的核心是增强为群众服务的意识和本领，实行上下班签到则是脱离实际的形式主义。乡长是新来的乡长，新官上任三把火，第一把火就被平泼了一盆冷水。这种事偶尔为之也就罢了，问题是平的反方意见是一而再再而三的。乡里准备引进一个化工企业，大家都欢天喜地的，平却公开反对，说化工企业污染环境，还说如果贪图眼前的蝇头小利而为子孙留下沉重的负担，就是犯罪。把乡长气得是火冒三丈。

不久，和平一批的选调生都提拔了副乡长，平连后备干部都没份。

也有关系不错的同事提醒平不要书生气，领导的意见，怎么能够随便来个反方意见呢！平说，江山易改，禀性难移。

有一次，县长到黄源乡调研新农村建设，黄源乡是县长的挂点乡，新农村建设搞得是轰轰烈烈热热闹闹的，县长视察了试点村后，又回到乡里召开座谈会，本来乡长没有安排平参加座谈会，可县长知道黄源乡有一个选调生，点名要平参加。座谈会上，大家都说县长的新农村试点工作抓得实，村容村貌发生了翻天覆地的变化，农民天天生活在公园里。平却说，新农村建设的实质是发展农村经济，单纯抓村容村貌，是急功近利的短视行为。几句话把县长的功劳否认得一干二净。县长脸色凝重，乡长冷汗直冒。

乡长原本以为县长肯定会不高兴，没想到县长对平还颇有些欣赏。县长说平有思想，是个好苗子，就是不够成熟，要好好培养。

有一句话叫做落实领导的意见不过夜。当晚，乡长就把平叫到房间来了个彻夜长谈，真正的苦口婆心语重心长。平也不是不识好歹的榆木脑袋，对乡长的良苦用心也是感激涕零的，当即表态今后一定改正缺点发扬优点，决不辜负乡长的期望。

对平的培养，乡长不仅仅是言传，更重要的是身教。乡长外出办事处理工作，经常带着平，每当平的反方意见不由自主时，乡长当即就予以批评并及时纠正。

如此言传身教，生生将平的“秉性”给移了。后来，大家说起平，都用了同一个成语——脱胎换骨。

对平的变化乡长是相当满意的，当县长再次到黄源乡调研时，乡长没有丝毫犹豫就派了平全程陪同，用乡长的话说，请县长检验他对平的培养效果。

县长调研的课题是关于农业产业化方面的，县长很实在，走村串户深入田间地头，完了还和平探讨。县长说黄源乡适宜大规模种植红芋。其实红芋对土质要求高，大规模种植品质有影响。平是农大毕业的，这方面是内行。可平没提反对意见，而是说，红芋在江浙一带很有市场，扩大种植规模定能增加农民收入。县长又说黄源乡种植甘蔗有传统，容易推广。其实黄源乡所处纬度偏高，所种甘蔗甜度不够。平也没有提反对意见，而是忙不迭地表示赞同，还说如果再办一个白糖加工厂，更能提高农民种植甘蔗的积极性。县长就问平，你说黄源乡到底是适宜种植红芋还是适宜种植甘蔗？平想了想说，县长说适宜种植红芋就种红芋，县长说适宜种植甘蔗就种甘蔗。

县长看了平一眼，想说什么，但又没有说。

回到乡里，县长问乡长，那小伙子是平吗？乡长说，是呀，他就是平。县长又问，是那个选调生，人称反方意见的平吗？乡长说，没错呀！县长沉默片刻，然后肯定地说，不对，他不是平！

乡长听得是一头雾水。

真看见了

雷猛喜欢户外活动。骑车于城市边缘山水间畅游，即能呼吸新鲜空气，又能锻炼身体。

这天雷猛骑车到离城十来公里远的叫岩。叫岩风景很美，虽不是风景区，还是有几个人在游山戏水。雷猛在信江河洗手时，看到不远处一个男人搂着个漂亮女孩，亲密地闲庭漫步。男人是雷猛局里的万局长，女孩不熟，但肯定不是万局长的老婆女儿。

雷猛对万局长有意见，意见不小。尽管雷猛不是睚眦必报的人，但无意撞上的机会，怎么可能轻易放过？

所以雷猛就跑到纪委去了。

纪委的人有些怀疑地问，你看清楚了？可不能瞎猜，更不可以乱说，一定要实事求是。

雷猛将胸脯擂得山响，看清了，绝对不会错。还说，他那德行，烧成灰我都不会认错。

雷猛属于来访举报，纪委自然重视。可这事，要调查清楚难度不小，又涉及人家名誉，不便大张旗鼓地查。纪委先在外围摸情况。摸了几天，没有发现万局长作风问题的蛛丝马迹，倒是了解到雷猛跟万局长有矛盾的情况。纪委便找雷猛再次询问。

雷猛很生气，说，我跟他有矛盾不假，但我还不是那种背后搞阴谋诡计的小人。还发誓说，我真的看见了，要说假话全家死光光。

但这事，发誓是不管用的。纪委办案，得用证据说话。

纪委也相信雷猛不会故意说假话，否则不可能跑到纪委来举报。可雷猛心里窝囊，看得明明白白的，怎么就会找不到证据呢？

雷猛想，能看见一次，就能看见两次，我就不信找不到证据。所以雷猛再骑车去户外活动时，就带着照相机，心想再看见我就拍下来。拍到了照片，总算是证据吧。

说来也怪，一连几个月，城区大街小巷，周边所有好玩不好玩的地方，雷猛都转了好几遍，却再没发现万局长跟那个女孩。期间纪委的人还跟雷猛通过几次电话问情况，雷猛支支吾吾的，不知道如何回答。纪委的人还问，你是不是真的看见了？雷猛回答说肯定看见了，但底气明显不足。

时间一久，雷猛也泄了气。纪委那边也没了下文。

很多人都有找东西的经历。有些东西你想找时怎么都找不到，放弃的时候，这东西却突然出现在你眼前。

又一个周末，雷猛亦无例外地骑车外出，去铁山摘杨梅。

路经月亮湾小区时，不经意间雷猛就看到了万局长，跟那个女孩依偎站在路边。雷猛刹住车，又认真看了几眼，确定没有看错。

雷猛原本想走近一些用相机拍下来的，可等他过去时，万局长跟女孩上了一辆车走了。雷猛连车牌号都没有看清，车便一溜烟跑远了。

雷猛不去铁山了，直接去了纪委。

纪委的人想，雷猛是在月亮湾小区边上看到万局长的，有没有可能万局长在月亮湾有房呢？如果真有，这事就不难查清楚。当然，万局长不会傻到用自己的名字登记房产。但纪委找了开发商，开发商虽然姓牛，在纪委面前却一点都不牛，没两下就交代了万局长在月亮湾买了一幢高档别墅，是用一个女人的名字登记的。

这样，万局长便被“双规”了。

雷猛得知万局长被“双规”后很高兴，夜里一个人到夜宵摊喝啤酒。喝到兴头上时，看见一个男人带着个漂亮女孩来吃夜宵。男人还看了雷猛一眼，不认识样。

这男人分明就是万局长。

雷猛蒙了，不知道发生了什么事，忙走到一边给纪委的人挂电话，你们是怎么回事？不是说万局长“两规”了吗？怎么就放出来了？

纪委的人显然没摸着头脑，声音很诧异地说，谁说放出来了？万局长态度好得很，交代了好多问题，估计要在监狱里呆几年才能放出来。

雷猛又盯了一句，真的没放出来？

纪委的人没好气地说，笑话，怎么可能呢。

雷猛喃喃自语，那……那这个人又是谁呢？

纪委的人问，你说什么？

雷猛没有回答，傻傻地瞅着正在吃夜宵的男人，手机都忘记挂断……

老龚其人

在县纪委，大家都管老龚叫“迷糊”。

说起老龚的迷糊，每一回大家都乐得前仰后合的。当年，老龚在纪检室工作，有回到一个单位开支部会议讨论处分决定，按照程序由老龚先向全体参会党员宣布调查情况，老龚竟然将调查报告带错了，结果他在会上这么铿锵有力地一念，在场所有的人全都大眼小眼地瞪着他。还有一次，老龚下乡复核，回来的路上大叫“案卷不见了”，这可是大事，大家忙原路返回去找，可案卷的影子都没有找到。老龚垂头丧气地回到单位，发现案卷正悠然自得地“躺”在他的办公桌上。

“老龚这人，早晚会出事，不可重用。”县纪委几个头头都这么想，结果老龚就调到了信访接待室。

按说县纪委几个室，哪一个都重要，将老龚摆到哪都不太合适，考虑到老龚毕竟脾气性格好，而且长着一副和气样，也只有摆在信访接待室更为恰当一点。信访接待室工作量还是比较大的，经常有群众来信来访，老龚要做的事便是认真听认真记，然后分门别类地交到主任手上然后转相关业务部门。也有需要做工作的，老龚虽然文化程度不高，但做群众工作还是有点办法的。所以将老龚如此安排，勉强也算是人尽其才。

一天下午快下班的时候，来了个中年人犹犹豫豫站在老龚办公室门口。老龚一看这人就是想反映问题的，便将他叫进办公室。中年人告诉老龚说他是湖东村的村干部，说湖东村的村办企业前些日子采购一批机器设备，上当了，被对方骗了二十几万，其实是村主任陈谋顺和对方里应外合给贪污了。第二天，老龚向领导作了汇报，可当时纪委正好在上两个大案子，实在抽不出人来。考虑到老龚毕竟在纪检室工作过，领导便让他带一个新同志先摸摸情况。

就这样，老龚带着个小年轻在湖东村呆了两天，可因为查不到那个涉嫌诈骗的人致使调查无法深入。不过尽管如此，陈谋顺还是如热锅上的蚂蚁一般。有人对他说：“老龚这人，在县纪委是出了名的迷糊，好对付。”晚上，陈谋顺忐忑不安地来到老龚家。没想到老龚很热情，倒水、递烟好朋友样。陈谋顺也就不含糊，开门见山就让老龚高抬贵手。老龚犹豫一会说：“不好办，这是书记亲自交待下来的。”陈谋顺赶紧出谋划策：“你说找不到诈骗的人，查不清，不就得了。”“这样得冒风险，万一书记知道了，我可就吃不了兜着走喽。”老龚说到这，意味深

长地看着陈谋顺。陈谋顺心领神会，一叠大票子便递了过去。老龚毫不客气就收下了。陈谋顺高兴极了，一拍桌子站了起来，说："够朋友，明晚金山角，就我们兄弟俩，一醉方休。"

离开老龚家，陈谋顺想："这迷糊，果然好对付。"

第二天，老龚如约而至金山角。两人闲话不说，觥筹交错就干了起来，没多久，一瓶衡水老白干就底朝天了。两人都有些迷糊。老龚问："老陈，这回你可捞了不少吧?"陈谋顺挥挥手说："没有的事，我能捞到多少。""到现在还玩虚的。"老龚不高兴地说："已经是一根藤上的两蚂蚱了，还瞒我，不够意思。""您可别这么说。"陈谋顺四下望望，然后说："告诉你，我跟那人，二一添作五。""那人是谁?"老龚问。"那人是……"陈谋顺伏到老龚的耳朵边，轻轻说："是我一个远房的表弟，平常没有联系的，在厦门打工。""远隔千山万水，怪不得我查不到。"老龚说着，又抓过一瓶衡水老白干……

这以后一连几天，都没见县纪委过问这事了，陈谋顺也就高枕无忧心下坦然了。可他做梦也没想到，过了大概半个多月后，有几个纪委的人来到他家，将他带上车就走。一路上陈谋顺不停地问："你们带我去干吗？我那事不是了结了吗?"也没人理他。到县纪委办案点时，其中一个纪委的人对陈谋顺说："少嚷嚷，你自己看看，那是谁。"陈谋顺顺着手势，看到老龚坐在一个谈话间里，而耷拉着脑袋坐在老龚对面的那人陈谋顺认识，是他那个远房表弟。

陈谋顺愕然，叹了口气，喃喃地说："谁说老龚迷糊？害死我了!"

认识唐栋

唐栋身板敦实，秃头，一脸络腮胡，坐火车时，边上位置老空着，人家不敢跟他坐一块。

可唐栋偏偏胆小，极为谨慎。大家都说，唐栋你不抽烟不喝酒不打牌不泡妞，糟蹋了老天爷赐给你那张脸。

唐栋听了，只嘿嘿地笑。

唐栋官不大，权不小，经常有人送东西，可唐栋不收。我曾说过唐栋，一点小意思，犯得着较真么？唐栋说，不是较真，就是胆小，收了睡不踏实。

唐栋难得应酬，叫不到他吃饭。叫的人有时嘲笑说唐栋官不大架子大，或者说唐栋真是廉洁啊！唐栋解释说，不是，不是，就是不会喝酒。

当然，必要的应酬唐栋还是会去的。

我就曾跟唐栋在一起吃过饭。说是吃饭，其实就是喝酒，喝得天昏地暗，除了唐栋其他没一个清醒。有人说去唱歌，除了唐栋其他都附和。唐栋不去，几个喝多了的硬是将唐栋架到歌厅。

在歌厅每人发一个小姐，唐栋也发了一个。任由小姐发嗲卖萌，唐栋连小姐的衣角都不碰。期间唐栋借口出去，跑到隔壁影厅看电影。

唐栋能吃苦，加班加点家常便饭，做起事来不要命。所以，唐栋虽然看起来结棍，但脸色不是太好。

我在医院工作，曾劝过唐栋注意身体，让唐栋到医院做个全面检查。这一检查，出状况了，唐栋得了癌症，晚期。医生对唐栋说，想开点，想吃吃，想玩玩。

这天唐栋喝了酒，喝了很多，一把鼻涕一把泪哭诉，好人不长命啊！我不赌博不收钱不嫖娼除了老婆没有第二个女人，老天爷不长眼。

那天，唐栋烂醉如泥。

这以后的一段时间，我没有胆量再见唐栋。直到有一天，唐栋突然打电话约我喝酒。一起喝酒的都是几个好朋友，唐栋请的客。唐栋说，我也是领导，吃点花点怎么就不行了？很爽快地跟我们喝酒，那酒量，哥几个都不是对手。

酒足饭饱，竟然是唐栋提议去歌厅。

唐栋在歌厅里比我们几个玩得都疯，肥肥的爪子在小姐身上蛇般游动，完全没有过去的胆怯矜持，甚至还将小姐带去小房间。唐栋跟小姐在小房间里做什么，谁都没有看到，但传出来的声音大家再熟悉不过。

我提醒唐栋，你注意点，背个处分划不来。

唐栋苦笑着说，我一个将死之人，怕什么！

我虽然经常于灯红酒绿中寻欢作乐，不过是吃吃豆腐过过嘴瘾，不敢动真格，所以唐栋再约我，便找借口不去。

不过我对唐栋还是关注的，有机会便向人打听。人家说，唐栋脱胎换骨了，经常醉生梦死，喝酒找小姐，还在外面胡说，肆无忌惮。

我说他家里人不知道吗？

这人说，谁说不知道？他老婆就知道，跟他吵架，可唐栋不睬，依旧我行我素。

我又问，那单位呢？单位也不管？

这人又说，谁说不管？纪委找唐栋谈过，唐栋不在乎，说随你们怎么处理，难不成还能判死刑？纪委下不了决心查他。

我也找过唐栋，原本想劝劝他，可话到嘴边又缩了回去。也是，人家还能活几天呀，只要自己觉得快活，说不定还能多活些日子。

还真是的，半年过去了，唐栋什么事没有；一年过去了，唐栋脸色越来越滋润了。有一天，唐栋到医院找我，遇见了原先查出唐栋得了癌症的医生。看见容光焕发的唐栋，医生惊讶得嘴都合不拢。

在医生的强烈建议下，唐栋做了一个复查，结果让所有人惊呼奇迹。唐栋的癌症竟然好了，癌细胞消失得无影无踪。

唐栋欣喜若狂。

唐栋痊愈的消息满城风雨，朋友们相约让唐栋请客庆贺。我打电话跟唐栋联系，手机关机，打到唐栋单位，得知唐栋被“双规”了。

再次见到唐栋是一个月以后。唐栋给我打的电话，在一家小酒店见的面。唐栋蓬头垢面无精打采，脸色像死人一样苍白。

有一句没一句的闲聊中，得知唐栋开除了公职，老婆也离婚了，成了孤家寡人。不仅如此，还染上了一身性病。

我安慰唐栋，留得青山在，不怕没柴烧，活着比什么都好。

我还没说完，唐栋便哭了，就我这样，还不如死了的好。

我无语！

送　钱

有一个叫戴小文的包工头，接了县里的“一江两岸”建设项目，是通过公开招标拿下来的，还真没搞什么阴谋诡计。那会戴小文总是说，谁说做工程一定要送钱，我没送钱，不一样做得到工程。听戴小文说这话的人有的笑笑不做声，有的则嗤之以鼻，还说戴老板你等着，你要不送钱就能把项目做下来就算你有本事。

戴小文不以为然，没事还偷着乐。

项目开工以后，戴小文便渐渐乐不起来了。

做工程不像做其他，项目拿下来了，不过是个开始，还有很多事得与业主单位也就是甲方商量解决的，比方说设计变更，又比方说隐蔽工程，再比方说材料涨价，尤其是工程款支付，都得找甲方协调。

甲方是县城投公司，经理姓李，戴小文便经常去找李经理。李经理这人挺不错，每次都是热情接待好茶好烟伺候，但就是不能解决问题。李经理跟戴小文说你得去找傅县长，我是项目建设领导小组副组长，傅县长才是组长。戴小文就去找傅县长，傅县长其实真是副县长，但尽管是副县长，工作也很忙，总说没有时间，还让戴小文去找李经理，说李经理是管项目日常事务的，找他就行。

所以戴小文经常是唉声叹气的。

有一回，戴小文和一个同样是做工程的包工头说起此事，说的时候戴小文还说傅县长总说他忙没有时间，可我有几次找他时候，他都在麻将桌上。

那包工头问戴小文，你给人家送钱没有？

戴小文说，没有呀，我做这个项目一分钱都没有送过。

那包工头把眼睛一瞪说，没送钱，没送钱人家干吗那么替你办事。

包工头的话戴小文记在心里，估摸着也得给傅县长送点钱。

戴小文既然有了送钱的想法，便有了送钱的行动。夜里便来到了傅县长家，送了两条烟两瓶酒，当然，还顺带送了些钱。钱的数目不好说，反正不会少。

傅县长推辞了好一会，但最终还是收下了。

第二天，傅县长就主动到了戴小文的工地，协调解决了好几件事情。

都说有钱能使鬼推磨，这话戴小文原本不信，这回却不由得不信了。

不过，让戴小文没有想到的是，打那以后，傅县长隔三差五地就来他们工地，有事当场解决，没事便在工地上转悠。但傅县长不是瞎转悠，他是学土木建设的，

对工程建设算得上是行家里手，经常给戴小文出出点子提提意见。县长来做项目建设的免费顾问，原本是好事，问题是傅县长是领导，领导的点子意见可都是得虚心接受坚决执行的，更为难的是，傅县长的点子意见全是针对工程质量的，经常让戴小文返工重做。做工程，总会有些偷工减料或以次充好的事，可傅县长是火眼金睛，每次都被他给发现了，还决不容情。

戴小文心里头说，没送钱的时候，傅县长难得过问一下工程，更不要说亲临工地把关监督了，这一送钱，还整天跑到工地上当监工来了。

戴小文百思不得其解。

既然想不通，戴小文也就不再去想，找一个借口就约了傅县长吃饭，就戴小文和傅县长两人。酒过三巡，戴小文便说，傅县长，您对一江两岸工程可是太关心了，我先向您表示感谢，不过……

傅县长说，不过什么呀？

戴小文说，您对工程质量要求太高了，我们吃不消。

傅县长说，百年大计，质量第一，一江两岸也是防洪项目，万一出事，谁担得起这责任。

戴小文又说，项目开始的时候您可是不怎么过问的。

傅县长喝一口酒，然后细声慢语，开始我没收你的钱，工程就是出了事我也没多大责任，有相关部门担着呢；可我收了你的钱，就不得不认真把关了，出了事，我可是要坐牢的。

戴小文听了傅县长的话，恍然大悟，然后是后悔不已。

悟空的眼睛

悟空已经有好长时间没找到工作了。没有工作的悟空就经常到处闲逛。这天悟空又出来闲逛，看到一个艺人在耍猴，猴很有趣，时而翻跟斗，时而给人作揖，末了还捧着个盘子讨钱，于是便有很多人往盘子里扔硬币。硬币落在盘子里清脆的声音，悟空听着很悦耳。

悟空想，我本是猴王，若去耍猴，准保比这艺人耍得要好，赚得更多。

不过就在悟空正要去耍猴的时候，师傅唐僧来了。

唐僧西天取经后，便到老虎岭县当县长，这次来找悟空，正是请悟空前去辅佐的。

悟空说，我又当不来官，师傅莫不是看我没工作，想照顾我一口饭吃，我可不要让别人说我是吃闲饭的。

唐僧说，悟空，你有火眼金睛，好官坏官，你一看便知分晓，去耍猴，可惜了这本领。

悟空听唐僧这么一说，便随唐僧来到老虎岭县，专门负责暗访官员的廉政情况。

要说悟空火眼金睛，那可是在太上老君的炼丹炉里经过七七四十九天炼出来的，这一点不光地球人，就连天上的神仙都知道，一点都不含糊。按说悟空没查案的本事，可悟空的眼睛毒，谁是好官谁是贪官，他用眼睛一瞄，便知分晓。只要是贪官，在悟空的眼里，那便是妖，只要悟空说这官是妖，准能查出官的贪赃枉法来。

有一次悟空在唐僧办公室，看到一个乡长来汇报工作，等这位走了以后，悟空就对唐僧说这乡长是妖。唐僧说，不会吧，这乡长可是县里的廉洁典型呢。悟空说，我说是妖就是妖，不信就派人去查。唐僧便派人去查，这一查，还真就查出乡长贪污几十万的事情来。还有一个工作很不错的局长，还是劳动模范，县里几个大的工程面目都是他负责的，悟空也说这局长是妖，这回唐僧没有再怀疑，派人一查，也查出局长受贿上百万的事情来。

唐僧对悟空的工作很是满意，于是经常带悟空外出，不但外出工作带着悟空，就是应酬也带悟空一同前往。

有一次悟空又随唐僧去赴宴，请客的是一个姓朱的局长，唐僧说这朱局长是

八戒的远房侄子，可悟空一眼就看出来朱局长是妖。

悟空是个疾“妖”如仇的人，酒宴一散就告诉了唐僧。唐僧说，怎么可能呢，这可是八戒的侄子，八戒的侄子怎么可能是妖呢。悟空说，我说是妖就是妖，不信就派人去查。

唐僧事后就派人去查了，可查来查去，就是没有查出问题来，不但没有查出问题，还查出这朱局长好多拒贿的事迹。唐僧便对悟空说，怎么样，我说朱局长不是妖吧。悟空也不解，说这不可能呀，我明明看出他是妖，怎么会查不出来呢？

这以后悟空还见过这朱局长，还是一眼就看出朱局长的妖模样来，又去告诉唐僧，不过唐僧没有再答理他。

后来又有一次，悟空找唐僧汇报工作，当时唐僧办公室的门虚掩着，悟空是个粗人，不懂礼节，推门就进去了，便看见一个官模样的人将一个信封塞进唐僧的口袋。官模样的人见了悟空，匆忙就走了。悟空就问，师傅，这人是谁呀？唐僧说，是一个乡里的副乡长。悟空说，这人是妖。唐僧说，这人可不是妖，这人可是后备干部，我正准备提拔他当乡长呢。悟空就用一种异样的眼神看着唐僧，看得唐僧心里发毛。

悟空说，刚才那信封里面是钱吧？

唐僧说，瞎说，那是人家的汇报材料。

悟空又说，是汇报材料你拿出来给我看看。

唐僧不高兴了，怎么了？连师傅也要查吗？

悟空不敢再吱声。

经过这两次，悟空就有些心灰意冷，没事的时候又到处闲逛。有一次，悟空在宾馆门口闲逛时，见一个女人急匆匆进了宾馆。

女人很美，却是妖艳那种的美，悟空不但看出这女人是妖，而且还认出她就是当年老虎岭白骨精。悟空便随在女人后面，女人开门进了房间，悟空也跟了进去，大吼一声，白骨精，看你今天往哪里跑。女人见是悟空，吓得浑身筛糠一般，就在悟空抡起金箍棒时，唐僧突然进来，护在了女人的身前。

唐僧责问悟空，怎么回事呀，对一个弱小的女子也要动金箍棒？

悟空说，师傅，这女子是当年老虎岭的白骨精。

唐僧说，又瞎说，老虎岭的白骨精都被你打死几回了。

女人也哭哭啼啼对唐僧说，他是看我好看，想非礼我，被县长撞破，便冤枉我是妖。

唐僧说，悟空，这样可就不对了，你要想女人，为师可以给你找一个，让你们成婚，怎么可以干违法的事呢？你这样……

悟空没有听完唐僧的责骂，就离开了宾馆。

在宾馆门口，悟空看到一个艺人在耍猴，猴很有趣，时而翻跟斗，时而给人作揖，末了还捧着个盘子向人讨钱。悟空看着，那艺人就成了唐僧，而他自己就成了那只被耍的猴。

悟空拔下根猴毛，吹口气，猴毛成了一根针，悟空用针刺瞎了能识魔辨妖的眼睛……

后来，花果山上便有了一只瞎眼猴王。

后来，沙和尚千里迢迢赶到花果山。

沙和尚问悟空为何要将自己的眼睛刺瞎，悟空说，眼不见为净。

谁敢不收我的钱

大学毕业后，我亦无例外地失业在家。父母让我投奔堂哥老歪，我虽不乐意，但短时间内又找不到安身立命的场所，便只有听从父母之命，来到了费城。

费城，江南一个矿产资源十分丰富的小城，端的是富丽堂皇，早已没有了江南小城的清新雅致。而老歪的公司便矗立在费城市民广场边上，绝对的城市中心繁华地段。

对于我的到来，老歪的高兴之情溢于言表，将我拉到城里最好的酒店，还请来一些当地带长的人物陪我。老歪极为谦恭，领着我挨个给“长”们敬酒，挨个地介绍说，我的堂弟，我们公司新任公关部经理，还请多多关照。

如此，我便成了老歪公司的公关部经理。

我知道，老歪在费城算得上是号人物，虽然没有读过什么书，虽然年轻的时候打打杀杀的活干过不少，虽然也曾进过号子被政府关过几年，但浪子回头，没几年功夫，便从一个跟着人做些泥瓦匠活计的小工，成了现如今集房地产开发商、煤矿老板为一身的民营企业家，资产至少得过亿。不过，我对老歪却没有什么好印象，其中缘由说不清道不明，家人说我是读书多了假清高。我不置可否。

一直以来，我都弄不明白，老歪这般人物，如何能在日趋激烈的市场竞争中成就如此伟业。

从此我便在老歪的公司干着公关部经理的勾当，说不上安心，却也不会朝三暮四。

大学的时候我曾选修过公共关系学这门课，书上说公关人员是“企业的形象设计师”，所做的工作应该是为企业策划形象、接待人员、处理公共关系危机、撰写新闻稿广告文宣传资料和策划公关活动什么的。可这些，老歪却完全不用我去操心。我要做的只是陪喝酒、陪K歌、陪游玩、陪钓鱼之类的事，说白了就是搞关系。好在我天性使然，喝酒酒量不小，K歌嗓子不错，游玩点子不少，钓鱼耐心还行，所以尽管打心眼里不愿意做这些在我看来没丁点技术含量的工作，却也算得上是得心应手。

但有一样事，我当时却感觉颇有些难度。

便是送钱。

这有什么难的，约他们喝个茶、泡个吧或者登门拜访，说两句场面上的话，

给他们不就得了。老歪很不以为然地说。

我说，人家要不收，这多没面子呀。

不收？老歪表情古怪，我老歪送钱，谁敢不收！

我只好从财务领来一些钱，照着老歪给的单子用信封将钱分别装好，然后照着老歪教的方法，约人喝茶约人泡吧或者登门拜访。时近年关，不过是拜个年一点小意思，尽管有的意思至少在我看来一点都不小。

很顺利，不过几天的工夫，单子上几十个人我便送出去一多半，且每一个收钱时都是感激涕零诚惶诚恐的样子，使我的成就感油然而生。

老歪说，怎么样？我说吧，没有人敢不给你面子吧！

老歪这回没有说对，还真有人敢不给我面子。

一个局的副局长，姓杜，我曾约过他喝茶泡吧，可他总说忙抽不出时间，我也不知道这位杜副局长是真忙还是托词，便义无反顾地摁响了他们家的门铃。杜副局长很客气，泡茶递烟让水果，可当我将装有钱的信封放在茶几上时，他飞快地拾了起来死劲塞回到我怀里，弄得我很是尴尬。

姓杜的，是那个不久前从什么乡的副乡长调过来的吧？老歪问。

我说，不清楚，你都不知道我怎么会知道。

哼！老歪冷笑一声，脸色极为难看。胆子不小，敢不收我的钱，吃了熊心豹子胆不成！

我没有问，老歪也没有说他会如何处置这事，但以我对老歪的了解，老歪一定不会善罢甘休。

果然，也就是第二天，我便接到杜副局长的电话，在电话里，杜副局长很诚恳地邀请我到海鲜楼共进晚餐。就我们俩，杜副局长不停地敬酒，不停地赔罪，酒后的杜副局长甚至用上了“有眼无珠”的成语来自责。

我喝了很多酒，但仍然记得将那只装有钱的信封送给杜副局长。这会，杜副局长如其他人一般，一副感激涕零诚惶诚恐的样子。

事后我自然跟老歪汇报这事，老歪不屑一顾地说，比他大得多的官都收了，他算老几，也敢装清廉。

老歪还意味深长地对我说，这里面，学问深着呢，够你学的。

霎时，我生平第一次敬佩起老歪来。

下　水

城外七八里地的龙门湖，原先叫龙门水库，后来搞了旅游，就改了名。来龙门湖旅游的人很少，所以到了夏天，城里一些年轻人喜欢上龙门湖游泳，男人女人都有。

万局长也喜欢来龙门湖。万局长说看到年轻人生龙活虎的样子，使他想起年轻的时候。万局长年轻的时候外号“浪里白条”，游泳特棒。

这天，万局长又自己开车来到龙门湖，就遇到了周芳。周芳说：“万局长，你游泳呀？”

万局长说：“年纪大了，游不动了，比不了你们年轻人。”

周芳说：“男人四十一枝花，万局长顶多四十出头。”

万局长说：“没有四十喽，都五十多了。”

周芳说：“不像，不像，到底是当官的，保养得好，跟小伙子样。”

万局长高兴得笑出声来。

周芳到边上一间小屋换了泳衣，还把换下来的衣服放到万局长边上，让万局长帮着看一下，便纵身跳进湖。

以往万局长一般只呆三四十分钟就回去，可因为周芳叫他看衣服，就只好老老实实地呆在湖边看人家游泳。

周芳游了好久，足有四五十分钟才上来。周芳到万局长身边拿衣服时，万局长发现三十多岁的周芳很水灵。

等周芳换好衣服后，万局长说：“你要不要坐我的车？”

周芳说：“可我还有自行车呢。”

万局长说：“放在车屁股里带回去。”

这样周芳上了万局长的车，路上两人聊天，万局长知道周芳礼拜六下午都来龙门湖游泳。

说不清为什么，接下来的一个礼拜万局长都有些神不宁舍的。礼拜六下午，万局长就早早开车去龙门湖，快到时候又想起什么，便开回城里，到一家泳装店里买了条泳裤。万局长到龙门湖时，已有好几个人在游泳。

万局长站在湖边，一下就看到周芳。周芳也看到了他，游到边上说：“又来看游泳呀？”

万局长说："不是，我也是来游泳的。"

周芳又说："你也会游呀？"

万局长得意地说："我水性好得很，等一下我游给你看。"说完便去小屋里换了泳裤，先用湖水打湿身子，又活动活动，然后一个极漂亮的姿势跃进湖。

周芳鼓起掌来。

一下水，万局长就兴奋起来，一会蝶泳，一会蛙泳，一会仰泳，周芳看得是连连叫好。完了周芳让万局长教她游泳，万局长便不厌其烦地指点着周芳。那天万局长极高兴，游了一个多小时都不觉得累，周芳说："我说你不像五十岁的人吧。"

自那以后，万局长一连几个礼拜六都和周芳一起到龙门湖游泳，周芳也不再骑车，万局长车接车送的，每次都游得意犹未尽的。

有一次俩人又到龙门湖游泳，上岸时天色已暗。这次万局长没有直接送周芳回家，而是把车开到一个很偏僻的小路上。在车上，万局长和周芳做了那事。

这样，万局长就和周芳好上了，经常是先游泳然后到荒郊野地做那事，虽然每次都是紧紧张张的，但也很刺激。

不觉就到立秋，天气渐渐凉了起来。有一次和周芳做完事后，万局长说："老这样不安全，再说天气也转凉了。"

周芳说："那你说怎么办？"

万局长想了想说："要不我给你买套房吧，有了房子就方便了。"

万局长虽然自己提出来给周芳买房，过后还是有些后悔，也不是不舍得，而是没那么多钱。一套房子，少说也得三四十万。以往虽说也常有人送钱送东西，可他胆小，几百上千的红包收过一些，几万的从不敢要。

正想打瞌睡就有人送枕头，万局长的运气就是这样好。万局长正为钱发愁时，就有人给他送来一大笔钱。都说色胆包天，所以万局长收下这钱一点都不奇怪。

万局长用这钱给周芳买了一套商品房。用周芳的话说，他们终于有了自己的爱情安乐窝。

受人钱财替人消灾，可那人托的事实在太难办，万局长费尽心机都没有帮人办妥。更糟糕是，万局长因年龄问题退居了二线。那人不忍几十万的肉包子打了狗，便把万局长告了。万局长就被反贪局抓了起来，而且还被判了刑。

有人把万局长的事写了文章在报纸上发表，文章里说万局长原先是个好领导，因自我要求不严，被女人拉下了水。

周芳也看了这篇文章。

周芳看完后自言自语："明明是他自己下的水，凭什么冤枉我拉他下的水！"

烟　事

水灾过后，一行人去灾区慰问。

去灾区慰问的人自然是领导，领导不会独自一个去慰问，除了有很多基层的小领导陪同外，还带了好几个随从。

张新就是领导的随从。

慰问一点也没有走形式走过场的意思，领导挨家挨户地送米油送衣被，还帮助灾民出点子恢复生产。

陪同慰问的小领导中有抽烟的，就是不抽烟的也在口袋放上一包，慰问了一段时间就有人烟瘾上来了，其中一位小领导摸出一包软壳中华来发一根给领导，领导看了一眼小领导递过来烟，摆了摆手没有接，而在大家的记忆里领导原本是抽烟的，于是就问领导，江部长，您戒烟了？

领导不置可否，但脸色不是太好看。

小领导没有注意领导的脸色，接着给领导的随从发烟，随从中也有好几个是抽烟的，都接过小领导递过来的烟吞云吐雾。张新也抽烟，但张新没有接小领导发的烟。几个一同来的随从边抽还边悄悄开张新的玩笑，说张新你真是跟领导保持一致，领导戒烟你也跟着戒烟。

张新也不置可否。

一行人就这么慰问了半天，其间小领导们轮着发了好几圈的烟，不是软壳中华就是软壳芙蓉王的，领导都没有抽。当然，张新也没有抽。

不过，领导其实并没有戒烟，口袋里还装着一包烟，而且也是软壳中华。看着大家抽烟，领导自然也犯烟瘾，而且一次比一次犯得厉害。当领导再一次烟瘾上来时，又有人发烟了。

出乎意料，这次发烟的是随从张新。

张新从口袋里摸出一包烟来，是那种 11 块钱一包的金圣烟，慰问的人当中几乎没有人抽这种档次的烟。果然，张新给大家发烟时大家都不接，不但不接还对张新说，怎么抽这烟，断粮了？既然大家不抽，张新就只有自己抽，抽了一口好像想起什么似的，忙赶走几步到领导身边，也给领导发一支。这时有人说江部长都戒烟了，张新你还发烟给江部长抽呀！领导的举动却让大家大跌眼镜，领导看到张新递过来的金圣烟时脸上立马就浮现了笑容，而且伸手接了过来，并且略低下头，让张新将烟点着，然后很幸福地连吸了几口。

原来江部长没戒烟呀！大家一起议论纷纷。

既然领导没戒烟，小领导们以及随从们又纷纷给领导发烟抽，可除了张新的金圣烟外，其他人发过来的中华芙蓉王领导都不接。

大家便是一脸的疑惑。

这天的慰问持续了好久，等回到县里宾馆时天色已经很暗了。

回到宾馆后发生了两件事，两件事都与张新有关。

一件是领导将张新单独叫到了房间，将张新好好表扬了一番，表扬的内容甚至上升到讲政治的高度。

这件事其他人不知道。

还有一件事，这天夜里有几个小领导到了张新的房间，而且都给张新拿了烟，一条两条不等，不是软壳中华就是软壳芙蓉王。小领导给张新拿烟时都说，怎么自己买烟抽，往后没烟抽尽管开口。

这件事领导不知道。

老扁的眼光

大学毕业后第五年，穷困潦倒的我在上海浦东陆家嘴汤臣一品东大门的拐角处，遇到了意气风发的老扁。老扁扔给我一根“1916”香烟，气壮如牛地对我说，跟着我吧，亏待不了你。当时我甚至没有弄清老扁究竟能付我几毛工钱，便迫不及待地答应了下来。

老扁，我在老家拐了好几个弯的远房堂兄，初中没毕业便辍学外出。至今我都没有搞明白老扁是如何发迹的，凭他满脸的匪气竟然在大上海混得是人模狗样的，成了我们老家的两位知名人士之一，与我等齐名。

当然，如今在我的心里已是诚惶诚恐受宠若惊。

如当下很多老板一样，老扁自然也涉足了房地产领域。不过老扁不在上海做，虽然有两糟钱，却也只能在一些三线城市，施展老扁那不成套路的拳脚功夫。我学的是工程建设，却也是盼望着能有机会施展才华，不至于让老扁等以为是施舍我残羹剩饭而将我看扁。

机会总是有的。

我随老扁来到费城。

如许多城市一样，费城也在为加快城市化进程而大兴土木，新建的、在建的、待建的楼盘如雨后的春笋。站在城东的云翠峰顶，老扁指点着江山，用不了多久，我的楼盘便会在费城建起来。

而后，老扁便带着我在费城厮混。

说实话，至今我都惊诧老扁的交际才能，对于老扁而言，费城绝对属于相对陌生的城市，然而不过三五天，老扁便游刃有余地混迹于在费城的老板、官员甚至古惑仔之间，而老扁也在无数次的觥筹交错中而声名大噪。

毕竟，老扁不是带我来费城喝酒交朋友的，我们还得盖楼，盖楼便得有土地。所以那些日子我便经常跑国土跑规划，费尽心机找寻那块实现老扁宏大目标以及足以让我施展拳脚的一亩三分地。

我选择了三宗土地供老扁决策。以我充分的市场调研加上我富有远见的眼光，这三宗地的任何一宗，不久的将来，都将会是费城商住中心。这一点我无比坚信。

果然，老扁也很赞赏我的眼光，然而过后的一席话却让我摸不着头脑。老扁说这三宗地地理位置优越，起拍价肯定不低，而且竞争也会相当激烈，成交价绝

对会很高。我疑惑地说，这个自然，好地段价格自然高，竞争自然激烈。我还说近期挂牌的土地我都筛选了一遍，只有三宗才符合开发房地产，其他的地理位置不行。老扁不说话，从我准备的一叠废弃资料中翻出一份来，扔在我跟前说，我看，就将这宗拿下。

我傻了，不知道老扁的葫芦里到底卖的什么药，尽管我打心眼里瞧不起老扁，但怎么也不会相信老扁竟然如此没有眼光。虽然老扁是老板而我不过替他打工，但我还是指出老扁所选择的这宗地在费城以西，而费城的规划则是东接火车站，而城西在可以预见的时间里都将会是城市的边缘地带。

老扁淡淡地说，我知道，就它了，你去报名。

我无可奈何。

城西这宗地，面积80亩，虽然价格便宜，但除了我们没有第二家报名参与竞拍，所以我们以底价拿到了这宗土地。老扁的高兴之情溢于言表，甚至在酒后扔给我一个不小的红包。

我却高兴不起来，尽管买地的是老扁而不是我。

这以后，便由我牵头担任总经理，开始了商品房开发建设工作。工作之余看着周边的荒山野岭，我实在怀疑老扁的万贯家财是如何得来的。

然而项目开工不到半年，事情便出现了转机。

费城召开了年度经济工作会，在市长的工作报告中，竟然调整了费城整个城市下一步的发展布局。城西，原本荒凉的城西，将作为费城城市建设的重点，在三年内建设成集休闲娱乐金融为一体的城市新中心。

我在报纸上看到这则消息后先是傻眼，然后是兴奋，迫不及待地给远在上海的老扁通了电话。奇怪的是老扁似乎并不兴奋，好像这一切都在他的预料之中。而我对老扁的敬佩之情油然而生，我说，你真是太有眼光了，不服不行。

老扁笑了，笑得有些得意忘形，其实，我哪有什么眼光，不过找了一下市长，请他调整城市规划而已。

我问，市长怎么会听你的，你们认识呀？

老扁淡然地说，我不认识市长，市长也不认识我，有一样东西市长却是认识的。

什么东西？

钱！老扁说完，挂了电话。

心 愿

树检在楼下抽了两颗烟，踌躇了好一会才回家。

妻子的心情很好，接过树检的包，如家雀般嚷开了：回来了，看我烧了什么好吃的。

这段日子，妻子像是变成了一个人，整天乐得跟傻丫头似的。就要从山沟里进城了，换成谁都高兴。

红烧排骨，清蒸鲫鱼，麻婆豆腐，都是树检喜欢吃的菜。换了平时，树检绝对来两瓶啤酒。但此时树检没有心情，只胡乱扒着饭，随意夹着菜。

妻子很细心，自然看出树检阴郁的脸色，纤纤细手摸了一下树检的额头说：怎么了？不舒服啊？

树检提了提精神，轻轻拨开妻子的手说：没什么。过一会又说：嗯，我今天，到了卫生局……

调令开回来了！妻子乐得跳了起来。

没……还没有。树检避开妻子的眼睛，李局长说过些日子才能开。

总算要离开那山沟沟了。妻子的眼睛里闪动着水晶一样的东西。

树检不忍看妻子，突然感觉自己是不是太自私了。

妻子在叠山乡卫生院已经工作了十年。叠山离县城五十多公里，是个群山环绕，交通极为不便的偏远乡。妻子晕车严重，每次往返吐得翻江倒海一般，所以一个月都难得回家一趟。这几年，把妻子调到县城工作已是树检跟妻子的心愿。

前些日子，树检通过单位领导出面找了卫生局的李局长。李局长很爽快，答应立即将树检的妻子调上来。可就在这节骨眼上，有人反映卫生局私设小金库。这属于树检所在室管辖。树检是室主任，没法回避，所以安排人调查。卫生局很配合，尤其是李局长，当即承认了错误。考虑到小金库的数额不是太大，也没有造成损失，纪委常委会同意了树检提出的不予立案，对李局长在民主生活会上通报批评的处理意见。

下午，树检参加了卫生局的班子民主生活会。临走时，李局长叫住树检说，吴主任，你爱人的调动手续已经办好了，安排在县保健院。李局长还将调令给了树检。

树检接过调令后，迟疑了一会，又还给了李局长，平静地说：谢谢李局长，

我爱人暂时还不想调上来。

李局长知道树检的意思，解释说：这是正常工作调动，局党委会早就研究了的，跟小金库的事没关系。还说，这可是最后的机会，下个月事业单位机构改革，人事可能会冻结。

树检说：我知道，你不用多解释。

李局长的眼睛瞪得老大，不可思议地盯着树检。

树检自己都觉得不可思议。

吃过晚饭，树检考虑了很久，决定告诉妻子，毕竟瞒是瞒不住。树检说：你的调令，其实下午已经开出来了。

妻子笑成一朵花：你这个骗子，快拿给我。

树检又说：我……我给退回去了。

妻子愣住了，笑容在脸上凝固。为什么？妻子问。

树检说：这几天我们在调查卫生局小金库的事，这事你应该听说，今天我去宣布了处理意见，没有对李局长立案调查。

妻子急了：这又怎么样？这是你们纪委依据调查事实所做的决定，跟我的调动风马牛不相及。

树检也急了：可别人会怎么想？别人会说我以权谋私，搞权权交易。顿一下又说，反正，我不能让纪委的声誉因为你的调动受影响。

你不要跟我讲大道理。妻子浑身颤抖，泪水夺眶而出：这些年，你知道我生活在那山沟里是什么滋味吗？生活条件差我都无所谓，但总不可能不回家，可每次回家，五脏六腑都要吐出来。结婚五年了，连孩子都不敢要……

树检说：我知道，我都知道，可谁让我是……

妻子仍哭着说：我知道你是纪检干部，可我这个纪检干部的老婆，也要像你们一样牺牲个人利益吗？

树检愕然。望着泪流满面的妻子，不知道说什么好。

你像一个人

那天，宁跟一个朋友去赴宴，席间有一个人总是打量着他，末了这人终于忍不住了，对宁说，你像一个人。

宁说，像谁呀？

那人说，像万县长，就是刚从市里下来的那个副县长。还问桌上旁的人，你们看，他像不像万县长？

旁人也认真端详宁，然后异口同声说，像，太像了，简直是像极了。

这是宁第一次听人说他像万县长，以后隔三差五就能听到类似的话，听得多了，宁就认真拿自己和万县长比较起来，宁是个小干部，没机会跟万县长接触，但宁可以在电视上看到万县长，宁仔细一对比，觉得还真是像。宁还问女朋友，人家都说我长得像万县长，你看一下，像不像？说罢，便照着电视里视察作指示的万县长样摆了个 POSE，让女朋友比较。

女朋友看看宁，又看看电视里的万县长，然后说，真有点像，但神态气质特别是派头差得太远。

宁没好气地说，人家县长，我能跟人家比气质派头。

宁原先看电视从不看本地新闻，但现在不同了，经常是晚饭后就坐在电视机前等着万县长出镜。虽然是副县长，但由于是常务副县长，所以万县长上电视还是比较多的，举手投足间，万县长总是显出一种让宁说不出的舒服感觉。

看得多了，宁的言谈举止间也有了点万县长的影子。有人说，你越来越像万县长了，连神态都像。

有时，宁也学着万县长的样背着手走几步，还挥挥手指指点点的，然后问人家，你们看，我这个样子像谁？

人家说，像万县长呗。还说，要是县电视台搞一个县长模仿秀，你肯定得第一。

宁便有一股得意之情溢于言表。

有天夜晚，宁和朋友在夏娃宾馆搓麻，很晚时，宁出去买夜宵。宁买了夜宵回宾馆时，恰巧碰到一个人，这人拥着个小姐正在开房间门。宁觉得这人看着眼熟，吃夜宵时突然想起，这人原来是像他自己。

宁明白了，那个和小姐开房间的人是万县长。

宁突然感觉夜宵里有粒老鼠屎。

从这天晚上以后，宁便不再对万县长感兴趣，看电视时，一有万县长的镜头便调台，也不学万县长的样子。让宁烦恼的是，还是经常有人说他像万县长。有一次又碰到一个人，怪模怪样的打量他好久，然后说，你像一个人……这人还没说完，宁就急了，你要敢说我像万县长别怪我不客气。可这人仍说，你是像万县长嘛。

宁无可奈何。

宁找到那个“金钱有价美无价，整容请找刘家荣”的很有名的刘医生做了个整容手术。

很多人都想不通宁为什么整容，都说，像县长多好啊，非要整得怪里怪气的样子。

宁自从整了容，模样和万县长就不怎么像了，时间一久，就没有人说宁像万县长了。

说到这，大家都知道宁是个疾恶如仇的人，疾恶如仇的人往往工作也不错。宁就是这样的，品行工作人所称道。所以宁不久也当了官，而且是一发不可收拾，副乡长、乡长的，甚至也当到了副县长。

宁当副县长那年才三十出头，是最年轻的副县长。

当了官以后的宁也渐渐有了些变化，经常在外吃喝玩乐的，对社会上一些不正之风也不再那么深恶痛绝，还说人在江湖，身不由己之类的话。不过，太出格的事，宁倒也没有做过。

宁工作还是挺卖力的，经常加班加点，有时累了，便也找个地方按摩。

宁经常去夏娃宾馆，那里小姐的按摩技术好，用宁的话说叫做专业。宁还不要小姐按摩，宁喜欢找老板娘，一来二去的，宁跟老板娘就混得很熟。

这天，宁喝了很多酒，喝多了酒自然全身不舒服，宁让司机把他送到夏娃宾馆。老板娘很热情地招呼宁，扶宁到包间，还泡一杯铁观音，然后轻柔地拿捏宁的大腿胳膊。

宁醉眼蒙胧地瞅着老板娘，感觉这三十来岁的女人真是风情万种。

老板娘说，干吗这样看着人家，色迷迷的。

宁说，因为你迷人呀。

老板娘呸了一声，你们男人，说话没一个正经的。

宁嬉皮笑脸地说，到这里来的本就没有正经男人。

说着，宁便动手动脚，还说老是你给我按摩，今天我也给你按摩。翻身将老板娘压在按摩床上……

完事后宁掏出几张百元大钞扔给了老板娘，老板娘收起钱，又看着宁，看得宁心里有些不自在。

你老看着我做什么？宁问。

老板娘说，原先我都没觉得，但是今天我看你像一个人。

宁说，像谁呀？

老板娘说，像万县长呀，就是原来在我们县当副县长，后来坐牢的那个。

宁的脑袋嗡的一声大了起来。

失　足

宁原来是单位的办公室主任。

宁的单位是一个很不错的单位，经常有上级领导兄弟部门来指导工作或学习交流，来了客人，就安排到酒店就餐。酒店在单位的边上，一墙之隔。不过要从单位到酒店却不太方便，要从大街上绕一个大圈子。也有一条捷径，就是从单位的楼顶跳过去。单位和酒店的间隔不宽，一米不到的距离，但因为楼层高，所以一般没人敢跳。

宁开始也不敢跳。宁有恐高症，中学的时候因为操近路翻墙上学，爬上了墙头却不敢往下跳。有一次单位又来了客人，按道理来了客人总是宁先到酒店安排好，然后领导带客人再过去，可那次宁因为上厕所耽搁了，领导已经先去了，宁为了赶在领导前面先到酒店，便跑上楼顶，咬咬牙就从单位楼顶跳到酒店楼顶。跳过去后，宁的心怦怦跳了好一会。等领导带着客人到酒店时，宁已经安排好了。

领导有些奇怪，就问宁，你不是在我们后面吗？怎么跑到我们前面去了？

宁说，我是从楼顶上跳过来的。

领导说，那样很危险，你可得当心。

宁虽然谢了领导的关心，不过很多事都是这样，有了第一次，就会有第二次，一而再，再而三的。这以后宁去酒店就不再绕圈子，而是从楼顶跳过去。开始宁还有些害怕，多跳了几次，就不再害怕，慢慢就习惯了。

有人佩服宁，说宁的胆子真是大，七层高的楼，敢跳过来跳过去，不是一般人能做到的。

宁便一副得意的样子。

也有人提醒宁，那么高，是很危险的，万一失足，可就是大事。

宁便一副不屑一顾的样子。

宁说，没事，也就不到一米宽，出不了事。

宁其实是个不错的主任，工作很勤奋，待人很谦和，而且也很讲原则，所以不多久，宁就成了单位的领导。

宁成了领导以后仍经常要到酒店去，虽然不需要提前赶去安排，可宁还是经常从楼顶跳过去，这一点倒是没有因为宁当了领导而发生变化。不过宁还是有很多方面渐渐有了变化，比如原来很勤奋，一心扑在工作上，现在虽然也很勤奋，

却是一心扑在麻将上；原来很谦和，待人很诚恳，现在虽然也谦和，却是对上级，对部下就相当的粗暴；原来讲原则，做事很公正，现在虽然也讲原则，却是对没给他送钱的人讲原则。

大家私底下议论起来，都说宁是个贪官，既贪财又贪色。

宁的贪财贪色是有点肆无忌惮的。比如宁一个很要好的朋友找宁办事，那本就是件应该办的事，宁却一直拖着不办，有人让宁的朋友送点钱，宁的朋友开始不信，说我和宁是光屁股的朋友呀，办这点事还要送钱。不信归不信，宁的朋友还是给宁送了钱，宁甚至连客气的意思都没有就收下了，过天事也就办下来了。又比如有一个项目原来已经定了给一个村的，这个村还是宁的老家，宁老家那个村其实也给宁送了钱，但另一个村送得更多，于是项目就给了另外的村。再比如单位一个女干部，是个很不错的女干部，人长得漂亮，工作能力也很强，可几次提拔都没份，见这位女干部老不开窍，宁就找个机会直接提出了非分要求，这女干部为了进步，就答应了宁，女干部就顺理成章地得到提拔。

这样的例子还很多，不胜枚举。

宁贪财贪色肆无忌惮还有一个例子，就是宁收钱玩女人都是在单位边上的酒店，每次有人要给宁送钱或者送女人，都是先到酒店开好包厢或者房间，然后再给宁打电话，宁便会从单位楼顶跳过酒店，完事后又从楼顶跳回单位。收钱的通常做法是先喝酒再打麻将然后就是笑纳对方的进贡，而玩女人则基本上就在酒店开房，根本就无所顾忌。

宁的这种做法很多人都知道，简直就是公开的秘密。

有一个想承建宁单位办公楼工程的包工头也知道，于是也到酒店订了包厢，然后给宁打电话，请宁务必赏光。宁倒是赏光了，也喝了酒打了麻将收了钱，但始终没有答应将办公楼给这个包工头做。包工头很纳闷，就找人打听缘由，有人就对包工头说，上次酒席上，宁看美美的眼神很色，他准是看上美美了。美美本是包工头的情人，可有一句话叫做舍不得孩子套不住狼，这舍不得美女自然就套不住宁。

包工头只有忍痛割爱。

于是有一天宁就接到美美在酒店房间打来的电话。宁自然是心花怒放，跑上楼顶腾云驾雾般就“飞”到了酒店。

那天宁很开心，也很过瘾，以至于完事后都有一种虚脱的感觉。也就在这时，单位给宁打来个电话，说是纪委来了两个人找他。宁便匆忙赶回单位。

不过那天纪委的人一直没有等到宁，谁也不知道宁去了哪里，打宁的手机，手机是通的，就是没人接，失踪了一般。

第二天，有人在单位和酒店相隔的楼底下发现了浑身没一块好骨头的宁。

谁都猜得出来宁是从楼顶上摔了下来。

宁经常从楼顶跳来跳去的，很熟练了，怎么就能失足呢?

很多人都想不明白。

生日快乐

男人把钱递进售票窗口时，仍想着心事，售票员问了他两次才缓过神来。男人说，最近的一班，终点。售票员奇怪地看着男人，等男人拿好票走了时，便自言自语，有病。

男人上的是一列开往南昌的火车，火车缓缓驶离车站时，男人心里一阵难受。男人叹了口气，闭目休息。男人很累，火车开动时有节奏的声音，像是催眠曲，很快，男人发出轻鼾声。

也不知过了多久，男人被吵醒了，原来列车员在查票。

男人对面坐了一个三口之家，夫妻俩带着个女孩。男人起先没留意，不知这家人什么时候上的车。女孩瘦瘦的，列车员说得买半票。

女孩父亲说，还不到10岁呢。

列车员说，不论岁数，只论身高，过了一米一，就得买半票。

女孩父亲迟疑一会，从口袋里摸出几张小面额的纸币，为难地说，就这些了，再……再也没了。

列车员的脸色放了下来，这不行，你想想办法。

女孩父亲看了看女孩母亲，很无奈的样子，女孩则依在母亲的怀里，可怜巴巴地看着列车员。

男人突然想起了自己的女儿。

我来付吧。男人说着，拿出一百块钱给列车员。列车员收下钱，一边找零一边说，你们可算是遇见好人了，怎么不谢谢人家呀！

女孩抢着说，谢谢叔叔。女孩父亲也说，真是太谢谢你了。还说，你告诉我地址，回去我寄给你。

男人说，不用，太麻烦了。

女孩父亲又说，你到哪下车？

男人也不知道到哪下车，所以男人没吭声。女孩父亲见男人不理他，有些尴尬。

列车继续开着，男人又眯起眼休息，想着事情，正想着的时候，女孩推了推他，手里握着个鸡蛋，叔叔，给您。

男人说，叔叔不吃。

女孩说，叔叔，您早饭也没吃，就吃一个吧。

男人看着女孩，又想起了女儿，眼睛便有些发涩。好，叔叔吃。男人接过了鸡蛋，剥了壳，吃了起来。女孩笑了，笑出了声。

夜里的时候，车在一个小站停了下来，女孩一家忙着下车。男人问，到哪了？女孩父亲说，到弋阳了，我们下车了。

女孩给男人招手，叔叔再见。

女孩一家下了车。

男人也下了车，男人的票是到南昌的，男人自己也说不清为什么在弋阳下车。

男人到了弋阳县城，找了家宾馆，洗了个澡，就睡了。

两天里，男人都没有出门，肚子饿了，包里有妻子买的面包、饼干。第三天晚上，带来的干粮已经吃光了，男人便到宾馆门口一家西饼屋买面包。

男人买面包的时候，一个女孩跑了过来，探着脑袋看男人，然后小心翼翼地叫，叔叔！男人认出女孩是火车上的女孩，便有一种轻松的感觉，伸手摸了一下女孩的头发，怎么是你。

女孩说，我爸也在呢。说着便朝着一边叫，爸爸，你快来。

女孩的父亲愣了一下，随即惊喜地跑过来，握着男人的手说，你怎么会在这，出差呀？

男人嗯了一声。

女孩父亲说，太好了，到我们家去，正好丫丫过生日。还举起手上的生日蛋糕给男人看。

男人正想拒绝，可女孩过来了，牵着男人的衣襟，昂着脑袋看着男人，眼睛里满是渴望。

男人看到女孩的眼睛，便不忍拒绝。

女孩家很小，很旧的那种平房，男人却感受到一种家的温馨。

女孩的父母打开蛋糕，小心地插好蜡烛，点着，然后大家一起唱着，祝你生日快乐！

女孩母亲说，丫丫，许愿吧。

女孩微闭双眼许了个愿，然后说，吹蜡烛了。女孩便将蜡烛吹灭了。男人蹲下身子将女孩搂着，丫丫，许了什么愿呀，能告诉叔叔吗？

女孩说，叔叔是好人，祝愿好人一生平安。

男人便有眼泪止不住地落了下来。

叔叔，你怎么哭了？女孩说。

叔叔没哭，是烟熏的。男人放开女孩，背过身去抹了抹眼睛，然后牵着女孩的手，对女孩的父母亲说，谢谢你们让我感受到家的温馨。

男人说完，再轻柔地摸了摸女孩的头，说，再见了，丫丫。转身走进了夜色中。

第二天的傍晚，男人回到了家。

男人先到楼下的蛋糕店，买了个生日蛋糕，然后用手机拨通了一个电话。

男人说，杨书记，我是万俊飞。

电话里说，万局长，你在哪？

男人说，在我家楼下。

电话里说，能回来就好，你到纪委来，我们等你。

男人说，我有个要求。

电话里说，你说。

男人说，今天是我女儿的生日，能让我给她过个生日吗？

电话那头沉默了好一会，然后说，好吧。

男人挂了电话，拎着蛋糕回到了家门口，按响了门铃。

随着悠扬的门铃声，门开了，一个女孩站在门前。

男人说，生日快乐！

幸福像花儿一样

花儿今天的心情好得一塌糊涂。

很多人都看出了花儿的好心情，因为花儿边做着文案边哼着歌，哼的就是花儿乐队的歌——《幸福像花儿一样》。

有人问：花儿，什么事这么高兴？

花儿笑，笑得也像一朵花：下班后我和他去看房呐。

又有人问：他是谁呀？

花儿还笑：你们说他是谁？

大家“哄”地笑了起来，边笑边有人说：他就是又有钱又帅气又死心塌地爱着我们美丽如花的花儿的小马哥呀！

花儿不笑了，不笑的花儿脸却红了，红得更像一朵花。

大家开着花儿的玩笑，分享着花儿的快乐，只有一个叫杨小毛的小伙默默地做着事，不朝花儿这边看一眼。

有人注意到了杨小毛，在大家的笑声里，这人调侃地说：我们杨小毛此时的心情却如黄连一般，可怜呐。

目光便齐刷刷投向默默做事的杨小毛。

花儿自然也一样。

咳，谁叫杨小毛是个穷光蛋，没车没房的，怎么跟人家小马哥比呀？有人半开玩笑半认真地说。

花儿听着，有些不自在了，内疚的表情浮现在脸上。

见此情景，众人“呼”的作鸟兽散。

花儿不再唱《幸福像花儿一样》了，只静静地做着手头上的活，不时看看杨小毛，不时看看时间。好不容易挨到下班的时间，同事们渐渐下班散去，几个人边走还边问：花儿，小马哥还没有来接你呀？

花儿说：还没，他下班晚。

还有人说：再不走要下雨了。

花儿说：没事，他有车。

连杨小毛也走了。杨小毛拿一把雨伞，走过花儿身旁，停一下脚步，想说些什么，可又什么都没有说，急急匆匆地走了。

就这会，又有人唱歌，唱的是《幸福像花儿一样》，不是花儿唱，是花儿的

手机唱。花儿急忙拿起手机，如花儿所愿，手机屏幕上出现了小马哥温情的笑脸。不过花儿接通电话时，小马哥的声音却不像屏幕上那般温情。

你怎么回事？不是说好看房的吗？怎么还不来？小马哥一连三个问号。

花儿问：你在哪呢？

小马哥声音依旧不耐烦：我已经到现代城了，你怎么还不过来？

花儿嘟囔着小嘴：我还在公司呢，你过来接我。

小马哥说：你打车吧，快点，我等你。电话便挂了。

这会的花儿是满脸的不快。可不快又能怎样呢！花儿收拾好随身的小物件，急匆匆地下了楼。

雨已经落下了，花儿没带雨伞，花儿就给小马哥打电话。小马哥说：下班高峰期，半个小时都到不了，你还是自己打车吧，再说，这雨又不大。

花儿无奈。无奈的花儿正准备冒雨去打车时，一把雨伞便递到她的手上。

很显然，这人是杨小毛。

花儿有些意外：你怎么还在这？

杨小毛有些腼腆：我看天下雨了，怕你没带雨伞。你总是忘记带雨伞的。

花儿说：雨伞给我了，你怎么办呢？

杨小毛笑着说：我没事，这么小的雨，我是男人，淋湿了没有关系，你就不同了，谁见过女孩冒雨赶路的。

花儿低着头，一会，抬起头看着杨小毛：谢谢了。

杨小毛又笑了笑，少顷说：我走了。慢慢走进雨中，花儿看着杨小毛的背影，心里头说不出的惆然，终于控制不住地“哎”了一声。

杨小毛站住了，转过身，看着花儿。

花儿迟疑一会，突然打着雨伞走到杨小毛身边。花儿说：我们一起走吧。

杨小毛有些疑惑：一起走？不顺路呀！

花儿说：怎么不顺路了？

杨小毛瞪大了眼睛：你不是去现代城看房吗？我可是住在南门口。

花儿说：是去看房，但不是去现代城，而是去南门口。

杨小毛有些明白了，搓着手不知所以：你知道的，那房不是我的，我没房。

花儿说：你没房，可我有房呀。

杨小毛问：你有房？你的房在哪呢？

花儿不语，好一会才说话，声音幽幽的：我的房在你的心里。

杨小毛不再说话。

花儿将雨伞递给了木然的杨小毛，挽住了杨小毛的手，说：走呀！傻站着干什么？杨小毛一副如梦初醒的样子，结巴着说：走，我们走。

两人撑着一把小雨伞，漫步在细细的雨中。

这时，花儿的手机又响了，依旧是那首歌，花儿乐队的歌——《幸福像花儿一样》，花儿丝毫不理会，那歌便一直唱着，唱了好一会……

卖冬笋

天还没亮，庆海就起了，挑着两蛇皮袋冬笋，出门去弋阳。今年冬笋少，林管站还管得紧，不让挖，几十斤的冬笋，庆海费了半个来月的时间才挖到。

从村里到弋阳有几十里路，庆海出了村，先走路到双港镇，再搭班车去弋阳。到了弋阳，天已经亮了。

弋阳是个小县城，县城里有菜市场，不过庆海没有到菜市场去卖冬笋，菜市场卖冬笋要收钱，工商、税务还有市场管理，少说也要交20多块。庆海到了一个居民区，把冬笋搁地上，然后喊起来："卖冬笋，新鲜的冬笋。"

喊了一会，有一个女人从三楼的窗户探出头问："卖冬笋的，几多钱一斤?"

庆海说："五块。"

女人讨价还价："太贵了，四块卖不卖?"

庆海说："四块不卖，四块五就称去。"

女人说："你等着。"

一会，女人从楼上下来，在蛇皮袋里挑出两个冬笋，庆海称了一下说："三斤六两，一十六块二。"

女人从钱包里抽出十六块钱给庆海，庆海说："还差两毛。"

女人说："两毛钱零头你也好意思收。"拿起冬笋进了楼。

庆海摇了摇头。过一会，又有两个女人过来，看见庆海的冬笋，一个就说："有冬笋呢，买几斤中午炒大米果吃。"另一个就问庆海："冬笋多少钱一斤。"

庆海说："五块。"

女人说："要五块呀，贵了点。"

庆海说："不贵了，菜市场六块，还买不到。"

两个女人每人称了几斤，也有零头，但这俩女人好说话，零头也给了庆海。

庆海又喊："卖冬笋，新鲜的冬笋。"喊了好长时间，再没有人过来，庆海便挑起冬笋到隔壁一个居民区，仍喊："卖冬笋，新鲜的冬笋。"这居民区比前面那居民区大一些，庆海没喊几句，就陆续过来好几个男人女人买冬笋，这一下，庆海卖了二十多斤。

不知不觉就到了中午，庆海肚子"咕咕"叫了起来，庆海挑着冬笋到街上一家炒米粉的摊子前，摊主见庆海过来，忙招呼着："来来来，正宗铅山猪肝粉，五块钱一碗。”

庆海说：“有馒头不?”

摊主说：“有，五毛钱一个。”

庆海从身上摸出一个钢镚：“两个馒头。”

摊主收了钱递给庆海两个馒头。

庆海将冬笋放在地上，坐在边上石头上吃馒头。馒头快吃完时，一个男人过来，用脚踢庆海的冬笋，说：“里面是什么?”

庆海说：“冬笋。”

男人又说：“卖不?”

庆海说：“卖，五块钱一斤。”

男人把脸沉了下来：“怎么不到菜市场去卖呀，在街上卖要没收的。”

庆海紧张起来，手忙脚乱将半个馒头塞进嘴里，忙不迭地说：“我刚来的，还没开张，就是去菜市场。”一手拎着一袋冬笋逃也似的走了。

庆海仍没有去菜市场卖冬笋，仍到居民区，将冬笋摆到一边喊：“卖冬笋，新鲜的冬笋。”

下午庆海的运气比上午好，有一个从小车上下来的男人一下买了庆海二十五斤冬笋，还是六块钱一斤。到四点来钟的时候，几十斤冬笋差不多就卖完了。留了四个冬笋，还有人想买，庆海说：“不卖了，留着有用呢。”

庆海算了算，冬笋一共是卖了377块钱，庆海拿出77块零头来，其余的用一个小塑料袋装好，想了想，又从77块钱中算出60块钱来放入塑料袋中。然后，庆海拎着剩下的四只冬笋去县第一中学。

庆海进了一中，找到高一（五）班的教室，站在教室门口往里看，没看见要找的人。庆海问一个学生：“看见万俊飞了吗?”

学生说：“找万俊飞呀，我带你去。”

学生带着庆海到篮球场，冲着几个正在打篮球的学生叫：“万俊飞，万俊飞，有人找。”

这时，就有一个长得高挑的男孩跑过来。男孩的脸和庆海就像一个模子刻出来的。

男孩看见庆海，脸上一点表情没有，说：“你怎么来了?”

庆海说：“卖了几十斤冬笋，给你送钱来。”

说着，庆海从内衣袋里掏出用塑料袋包着的钱递给男孩，说：“一起是360块，把汲老师的200块先还了，还有160块到放假够不?”

男孩收下钱，没有吱声。

庆海又将装有四个冬笋的蛇皮袋递到男孩手上，对男孩说：“这几个冬笋，我没卖，给汲老师，让他尝尝鲜。”

男孩接过冬笋，仍没有吱声。

庆海说："我走了，你好好读书。"

庆海走了几步后，男孩突然叫了一声："爹。"

庆海站住了，回过身看着男孩。

男孩慢慢走到庆海身边，轻声说："爹，回家的车票钱，留了吗？"

庆海笑了，说："留了，留了十几块呢。"

庆海转身走的时候，那笑容仍在脸上停留着，很久都没有消失……

我在这儿等着你

我这么说你们一定会说我是个贪官。

我就是个贪官。这没有什么好隐瞒的。有时尽管迫于无奈不得不做婊子竖牌坊，大会小会违心地强调领导干部要廉洁从政，但完全是对下属们提出的要求。

我有时也想过，能不能不做贪官，但实在找不出任何一丁点的理由来说服自己。

开发商张老板，以极低的价格拿下中心广场那宗地，那宗地原本是用来建图书馆的，可张老板一个报告我就同意了改变土地用途，一幢幢崭新的高档公寓楼拔地而起，而张老板的钱也叠叠摞起如高楼一般。张老板送我50万，与他所赚的钱相比，不过九牛一毛。

投资商郑老板，当初挖空心思想得到工业园区基础工程项目，如果不是我量体裁衣设置条件，以郑老板的实力，凭什么在激烈的竞争中战胜诸多强手独占花魁。郑老板送我30万，难道不是我得的?

还有胡一得，以他的能力水平，凭什么当上清水乡的书记。地球人都知道地，清水河里黄金万两。张三李四王二麻子打破脑袋都不肯善罢甘休的肥缺，我只收了胡一得20万，绝对是慈悲为怀大发善心。

还有赵小倩，名字有点像聊斋里的小狐仙，但若论风骚漂亮，比起我“后宫”几个佳丽，差得不止一点点。虽然赵小倩主动送货上门我不得不勉为其难地上了两次，但我除了将她老公从一个偏远山区调到财政局，还给这娘们自己弄了个副科，再补偿我10万块，难道不是理所应当?

还有，还有很多。比如服装厂的吴老板，对了，就是这个吴老板，我变相零出让给了他好几十亩的地，让他建起了全市最大的服装厂。虽然招商引资政府有优惠政策，但这优惠凭什么就优惠了姓吴的?凭什么姓吴的到现在都没有任何表示?凭什么在众多的老板中就姓吴的能例外?我的心便如翻江倒海一般不能平静。

不行，一定要想办法让姓吴的吝啬鬼出点血，规矩不能破，规矩破了今后谁还给我送钱。但是，怎样才能让姓吴的乖乖地掏钱呢?直接问他要肯定不行。我毕竟是个领导，不到万不得已不能出此下策。

我冥思苦想。足有148的智商终究没有辜负我的期望。

我打了个电话，将吴老板约到我的办公室。我告诉他最近社会上有一种谣传，

说我在服装厂土地出让时收了他一笔钱。吴老板惊讶的样子就像是看到了恐龙。没有呀，我从来没有给您送过钱，一分都没有。我说我当然知道没有，问题是大家都这么说，说得多了，纪委肯定会来调查。那就让他来查，没有的事还怕他来查呀。吴老板榆木脑袋仍然没有开窍。我接着说，话是这么说，但你那宗地确实是零出让的，又是我力排众议拍的板，要说你没有给我送钱，连我都不相信，纪委难道会相信吗？那您说怎么办？吴老板有些束手无策。我故作沉思状，然后说，要不你就先送我一些，然后我让人退还给你，这样，万一纪委查起来，不就可以说你虽然送了，但我退还给你了吗？行，就这么办，明天我就给你送30万，你看行不？吴老板说。我说反正要还给你的，又不是真要，你送50万吧。

一切如我所愿，第二天，吴老板用一只黑色保密箱装了50万现金送给了我。晚上，我将装有50万现金的保密箱交给了秘书，交待他做好登记并马上退还给吴老板。

等秘书去退钱的时候，我便独自一人回到住处，甚至连门都没关，只虚掩着，打开电视，悠闲地躺在沙发里欣赏着电视节目。

电视里播的是一台晚会，花儿乐队几个青春小伙跳着唱着，我在这儿等着你回来，等着你回来……

就在这时，门铃响了，我说了请进时，一个人推门进屋。

正如我想的那样，来人正是服装厂的吴老板，手上拎着一只黑色的保密箱。

遭遇夏子威

认识夏子威的方式有些俗套。

16 岁那年，我随做小本买卖的父母从乡下搬到县城，进了志敏中学读高一，上学第一天便遭遇到了许多乡下孩子进城所遭遇到的事情——两个城里的同学没事找事寻我的晦气，孤立无助时，便有一人如古时侠客般从天而降。

这人便是夏子威，长相如水泊梁山的好汉，却又如江南才子一般才华横溢。

从此我毅然决然地将夏子威加为好友，尽管我心里清如明镜，明知夏子威当时的举动不过似江湖大侠般行侠仗义。毕竟我与夏子威相比，除了学生的身份相同之外，其他诸如家庭条件、性格特点、个人素养以及学习成绩之类，相差何止一个档次。所以我跟夏子威虽然是同学，却没有一次独处的经历，即便在路上相遇我激动万分又热情洋溢地跟夏子威打着招呼时，夏子威也只是居高临下的神态矜持地跟我微微点头。

但这些，都丝毫不能动摇我将夏子威加为好友的念头。

三年的高中生涯如弹指，夏子威如愿考入上海复旦大学，而我只能在小县城真诚遥祝。

再次见到夏子威已是若干年以后的事了。

那会我已经子承父业做起了小本买卖，在小县城里，每天守着不足三平方米的货亭讨生活，虽说平淡，却也随意，在平淡随意中，如水泊梁山又如江南才子的夏子威渐而淡去。从同学们的闲聊中，得知夏子威大学毕业后分到省城工作，后来下派到县里挂职，两年前已经当上了这个县的县太爷。

夏子威工作的那个县不远，不过百十里地，几个昔日的同窗们邀我前往看望，虽然有些勉为其难，但我还是跟了去。

夏子威极为客气，早早地在宾馆大厅里等候着我们，然后久别重逢的场景亦无例外地重现。夏子威一个一个地握着手，一个一个地叫着当年的雅号，让我颇感意外的是，夏子威在片刻迟疑后竟然叫出了我的名字，甚至形象地描述了当年我被人欺负时有些惊恐有些委屈的神情。

说实话，我感动了，甚至在以后的很长一段时间，每每想起这次见面的情景时，我都会感动。

午餐的酒喝得很畅快，烟是软壳中华，菜是生猛海鲜，酒是茅台五粮液，至少对于我，都是一些可望而不可即的好东西。每个人都喝了很多酒，包括夏子威在内，以至于当有人提出“光临寒舍参观指导”时，夏子威没有丝毫犹疑便痛快地将我们带到了他的家。

一幢别墅，表面看很平常的别墅，而当我们进入到里面时，便直观地领会了“豪华”一词的真正含义。

以我的文字水平，确实无法对夏子威家进行准确的描述，但我分明记得我当时真切地对夏子威说了一句话，原话记不得了，大意是：如果我生活在地上的话，而夏子威则是生活在天上。我还记得夏子威听我说完后，很随意地摆摆手说，这算什么，比这房子漂亮的多了去。

与夏子威告别时已近日落，在落日余晖中，夏子威朝我们挥着手。

再次与夏子威相见却是两年后，见面地点是我无论如何也始料不及的。

珠湖农场。说是农场，其实是座监狱。

我用了两条烟才得到探视的机会，隔着铁栅栏，夏子威握着我的手，激动之情溢于言表。

我没有说话，此情此景，我实在不知道应该说些什么。当我端出一碗红烧肉时，我看得出，夏子威的眼睛里泛起一丝绿光。

就这样，我默默看着夏子威将满满一碗红烧肉风卷残云。

我递给夏子威一根烟，自然不会是软中华，夏子威点着后猛吸一口，并且让那烟在肚子里转悠了一圈后才慢慢吐出，那感觉，不会吸烟的我自然无法体会。

我嗫嚅地问，还好吧？

夏子威看了我一眼，眼神有些迷离。少顷，夏子威说，还记得我们上次见面吧？

我点点头。

夏子威又狠狠抽了口烟，抽过后说，上次见面，你曾跟我说过的一句话，你还记得吧？

我摇摇头。

夏子威叹一口气接着说，你当时说如果你生活在地上，而我就是生活在天上，你不记得了？

记得。我说。

夏子威意味深长地说，现在，你还是生活在地上，而我，却生活在地狱里。说罢，黯然神伤。

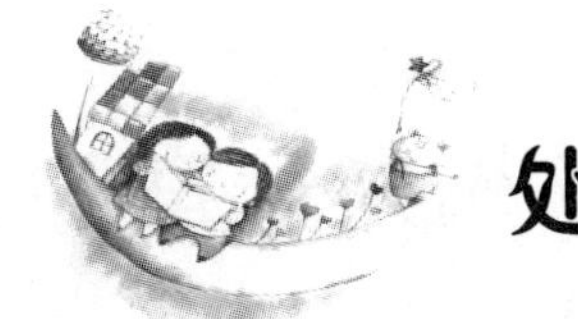

处女作

天一黑，他照例把自己关进房间，读诗，写诗。

高中毕业，他没能跨过大学的门槛，只有回到乡下，继续父亲走了大半辈子的路。可他不甘心，又做起诗人梦来。他不停地写，不停地投稿，但总是石沉大海。也曾收到一封编辑回信，说他的诗缺少生活，没有真情。

夜深，他有些倦意，就到院子里呼吸静夜带有泥土芳香的空气，听虫蛙齐奏的小夜曲，沐浴柔和清纯的月辉。这时，他又看到对面乡长办公室，依旧亮着灯。

记不清从什么时间开始，他每每写诗到深夜，经常能看到乡长办公室的灯是亮着的。他凝视着那灯光，突然有一种莫名的冲动，思绪也游动起来，写诗的灵感跃然而出。

他快步回到房间，挥笔疾书。

乡长办公室的灯光

有月的夜晚，就与月相辉映；无月的夜晚，就是山乡的月。

乡长办公室的灯光，每晚都亮到幽深时。

在静夜里，在苦涩的茶水中，灯下的心能把思绪延伸成一条通向小康的路。

春播在灯光下绿成一片期待，秋收在灯光下结成一片金黄……

这盏灯，这盏照亮夜空的灯，是山乡橘红色的希望。

夜已深。

灯下，一颗心用热血孜孜不倦地谱写山乡新的诗。

这首诗简直是一气呵成。

翌日，他将诗稿寄给了晚报社。

一个月后的一天夜里，他从地里回到家，看到桌上摆着一封晚报寄来的邮件。他的心倏地“咚咚”跳了起来。信封里是一张散发着油墨气息的晚报，在第四版，他看到那首印着他名字的散文诗——《乡长办公室的灯光》。

这夜，他没有写诗。泡一杯茶，端一张椅子，在小院品味发表处女作的愉悦。看着对面乡长办公室依旧亮着的灯，他突然产生了与不曾相识的乡长分享快乐的想法。

他带着晚报，来到了乡政府。乡长办公室的门虚掩着，有灯光从门缝中漏出来。他让自己平静下来，然后轻轻推开门。弥漫着烟雾的办公室，灯光显得很迷茫，有四个人围着桌子在摸麻将，其中一个他认识——是乡长。

……

走出乡政府，他将印着他处女作的晚报撕成碎片……

别墅是怎样盖成的

张山其实有房，在县城还不错的小区，一百四十几平方米。原先张山一家也住得有滋有味的，可将乡下老父老母接了过来后，问题便出来的。

张山的房在五楼，老父老母在乡下住的是平房，有天有地不说，还不用爬楼，所以不习惯，所以老父老母总叨叨着要回乡下去住。张山是个孝子，自然不能让父母回乡下吃苦而自己却在城里享福，便跟媳妇商量盖点房子。媳妇有些犹豫，苦笑着说，盖房当然好，可钱呢？儿子在澳大利亚读书花了几十万，这每月还得供上万的生活费。

张山想了想，又想了想，说，先动工再说，车到山前必有路。

张山是个说到做到的人，先去找了城郊镇的镇长弄了块地皮，不大，也就三百多平方米，然后找来工程队，便开了工。

半年后，一幢平房便盖了起来。平房也是房，所以房一盖起来，便有人来讨酒喝，还不在少数，经常有人到张山办公室或家里，祝贺张山新房落成。当然，来祝贺的都不会空着手，都带着几百数千的红包。

张山无奈，本不想摆酒席，可大家都送了贺礼，便在新房装修完工之际，摆了酒席答谢同事亲朋。也不多，就二十来桌，用张山的话说，毕竟是领导，而且是局长，规模大了影响不好。

不过，虽然规模不大，所收的红包却不少，付了土建及装修的费用，还余下不少。至于到底余下多少，这属于个人隐私，不便透露。

张山夫妻带着老父老母住进了新房，没事偷着乐。

张山在新建的平房里住了两年，期间还换了个单位，到另外一个单位当主任。

新单位是个不错的单位，经常有人登门拜访汇报工作。来拜访的人中经常有人说张山的房子太小，应该再加一层。张山开始也不置可否，可说的人多了，也动了心思。再说平房潮湿，梅雨季节湿气重，人住的时间长了，容易得风湿病、关节炎。张山便跟媳妇商量加一层。媳妇犹豫说儿子又到英国去读书了，这每年都得花钱，哪有闲钱加层。

张山想了想，又想了想，说，先动工再说，车到山前必有路。

张山下了决心，找来工程队，不几日便开工加层。

虽然是加层，可对一个家庭而言，也算得上是大兴土木。也就半年之后，原

先的小平房便成了小二层。工程完工，依旧有人来讨酒喝，到张山办公室或家里，祝贺张山新房落成，顺带送上个几百数千的红包。张山无奈，只得又摆了二十几桌酒席，答谢同事亲朋。

送走喝酒的客人，张山夫妻关起房门清点红包，除去加层及装修的费用，比上次余下的还多。至于余了多少，自然不便明言。

张山在二层楼里住了三年，期间张山还提拔了，成了副县长。张山本不想再兴土木，可国外深造数年的儿子学成回国，而且是回到县里工作。儿子已经不小，早到了谈婚论嫁的年龄。要结婚，自然要婚房，这时，张山的二层小楼便略显得小了，张山跟媳妇商量将二层楼房进行改造，再加个一层半。媳妇这回没有丝毫犹豫便投了赞成票，说那就抓紧动工吧，反正也要不了几个钱。

于是张山便找来工程队，着手对二层小楼房进行加层改造，而且重新进行了装修。过了半年多，二层小楼便成了花园别墅。如前两次一样，依旧有人来送礼祝贺，而且都不是小礼，总数多少张山不会说，也没有人会问。张山便找一家酒店，摆了几十桌，算是答谢同事亲朋。

酒席结束后，有客人跟着张山到家里玩牌。客人看到张山的房子都交口称赞，都说这房子盖得豪华气派。张山说，你们可别这么说，我盖这点房子可不容易，前后花了五年多的时间，好不容易这才盖起来的。

我想听听你的意见

那天我正在办公室写一份材料，科长走过来坐在我的面前说，有件事，我想听听你的意见。

我没有吭声，拿眼睛看着科长，等待科长的下文。

科长点一支烟，有滋有味地吸了一口，然后说，今年我们科里的工作做得不错，两项重点工作在省里都拿到了名次，为我们局在全省系统评比中荣获总分第三名立下了汗马功劳。

我说，那是，没有我们科做出的突出贡献，我们局要摘掉全省后进的帽子，门都没有。

科长点点头，接着说，局领导也是这么认为的，所以将唯一一个“人民满意公务员”的推荐指标给了我们科。

我接嘴道，是应该给我们科，这一年，不说功劳，累都累得够呛。

科长又吸了口烟说，问题是这个名额到底给哪个好？科长一副思考的样子，接着说，名单推荐上去以后，要在市直单位平衡，所以推荐上去的人选，事迹一定要生动，否则到时落选了，浪费指标事小，面子丢了事大。

我忙不迭地点头，连声说是。

科长边考虑边说，科里几个人中，老王这位同志不错，年纪也不轻了，一身的毛病，带病坚持工作。今年老王住院有两三回吧。

我说，是是是，老王的心脏病很严重，按说都符合规定病退了，可他还是能坚持上班，工作中从不以身体不适为由挑肥拣瘦的。科长说的对，老王是不错的同志。

科长又说，老王是不错，可小李今年进步也挺大。前几年，小李吊儿郎当是出了名的，哪个科室都不要他。可到了我们科后，改变了不少，上班也准时了，工作也积极了，市里组织千名干部下基层，他还主动请战。推荐小李也是可以考虑的。

我说，是是是，小李的变化大家是有目共睹，再说推荐小李，对他也能够起到激励作用。

科长摇摇头，又说，还有小傅，参加工作就在我们科，工作能力也进步蛮快的，要不了两年，肯定能够独当一面。这小鬼基本素质不错，大局观强，为了局里的中心工作，两次推迟结婚。这事迹也挺感人的。

这次我没说话，只认真地看着科长。

到底推荐谁呢？科长说，又看着我，你是科里的老同志了，我想听听你的意见。

我说，老王、小李、小傅都不错，到底推荐谁，还是科长拿主意吧。

科长笑笑说，你呀，就是怕得罪人。好了，我再好好斟酌一下，从他们三个人中推荐一个吧。说着，科长站起来准备走，突然又想起什么，对我说，我没有推荐你，你不会有意见吧？

我忙摆摆手说，不会不会，我怎么会有意见，我又没有什么生动事迹。我身体棒棒的，没有带病坚持工作；结婚又好些年了，不存在为了工作推迟结婚；而且，这么些年我一直这样，不像小李那样进步明显。

说完，我做出一副无所谓的样子。

科长拍拍我的肩，然后踱着方步走了。

看着科长的背影，我差一点忍不住将科长叫住，对他说，老王一年休了半年的病假；小李有进步不假，但仅仅是上班不似以往那般三天打鱼两天晒网；小傅呢，推迟婚期不假，但是个新同志，做点事还只能跟我打打下手。我还想对科长说，在省里拿到名次的两项重点工作，全是我具体负责的。

这当然只是我心里的想法，不可能当着科长的面说出来，只能无奈地坐在凳子呆若木鸡。

找啊找啊找领导

从上班到现在，我分明记得敲过五次领导办公室的门。也许领导正在处理保密工作，或者在接待重要客人，或者夜里加班太过疲劳正在内间小床闭目养神，反正每次我敲门过后，办公室里没有丝毫动静。

如许多办公室主任一样，我也有一把领导办公室的钥匙，但领导在进办公室的时候，阴沉着脸严肃地交待我，任何人找他都说不在，还特别强调，不管是谁。所以我不敢贸然打开领导的办公室。

那时，我丝毫没有意识到领导事实上已经失踪。

电话又响了，又是那位比领导还要大的领导打来的。我自然不敢告诉他领导其实就在办公室，只是按领导的意思说领导还没上班，并委婉地提醒大领导直接给领导打手机。大领导显然发火了，手机能打通我还给你打什么电话。然后声嘶力竭地给我下死命令，无论如何都要找到你们领导，否则拿你是问。

大领导的话让我胆战心惊，片刻踌躇之后我终于用钥匙打开了领导办公室的门，才发现领导办公室原本就空无一人。

此时说领导失踪还有些言过其实。领导工作忙，经常在办公室以外的地方或者开会或者应酬或者其他，所以我打了领导的手机，手机里传来一个女人机械的声音：你拨打的电话已关机，我们将用短信通知对方，本次通话免费。

于是我用了很短的时间了解清楚了领导没有会议没有来客接待任务更没有外出调研，因为此时领导的豪华别克正停在一号车位上。然后我的大脑处理器飞快地运转起来，分析领导可能也许或者会在哪个秘密站点。

我拨通了一个电话，一个女人的电话，听声音就知道这是一个妖艳的女人。女人用极不耐烦的声音回答我，没在，他已经好几天没到我这了，这死鬼，肯定在小莉那里。

但我知道领导不可能在小莉那里，因为前不久领导分明给了小莉一笔数目不详的分手费。

我又拨通了一个电话，接电话的声音极为粗俗，还夹杂着一股浓重的铜臭味。他告诉我说中午跟领导在海龙王喝了两瓶茅台后就分手了，这会他正在半月小屋泡妞，甚至还问我有没有兴趣一起乐呵。

此时，电话里便传来那种让男人意乱神迷的声音。

我没有再拨电话，从司机那要来了车钥匙，亲自驾车去找领导。车开得飞快，路上至少闯了三个或者五个红灯。

我先到了明月酒店。在这座城市最高档的明月酒店，有领导一个长期包租的套房。但酒店那位极为漂亮的女服务员用撩人的声音跟我说，领导昨天晚上在这打了一个通宵的麻将，今天没有来。

我又到了弯月农庄，说是农庄，其实吃喝玩乐一条龙。领导在紧张工作之余，隔三差五的便到这里来放松放松。老板娘说领导昨天曾在农庄度过了一个美好的周末，然后拿出一沓发票让我签字。

之后，我还到了青春少女歌厅、小雪儿按摩房、爱琴岛咖啡屋，领导经常光顾的所有休闲娱乐场所全都跑了个遍，期间还打了好几个电话，但均没有发现领导的蛛丝马迹。

一个念头在我脑海里如闪电般跃然而出——领导失踪了。

这个念头甚至让我吓了一跳，飞驶的车差一点亲吻了奇瑞 QQ 的小屁股。

我回到单位，以刘翔跨栏的姿势飞快地上了楼，来到领导办公室。但最后一丝希望随着领导空旷的办公室而破碎。

我身心疲惫地倒在领导办公室的意大利沙发上，进来俩让人一眼就感觉威严的人，其中一个问，你是办公室熊主任吧？

我是，我当然是。

这人用公文式的语调说，我们是纪委的，现在正式通知你们，万俊飞涉嫌严重违纪，已经被“双规”了。

万俊飞就是我们领导。

说不清为什么，我当时竟然没有丝毫的震惊，甚至还有一种如释重负的感觉，“踏破铁鞋无觅处，得来全不费工夫”，准确地诠释了此时此刻我的心情，正所谓“众里寻他千百度，蓦然回首，那人却在，灯火阑珊处”。

我疯狂地拨通了大领导的电话，然后用颤抖的声音报告，找到了，找到领导了。

快说，他在哪？大领导的声音同样有些颤抖。

在纪委，被纪委“双规”了。

我分明听到大领导略有些沙哑的声音吐出两个苍白的字——完了。

事　件

夏县长是临时决定去参会的。

其实是个一般的会议，因为夏县长参加了会议，会议便重要了，电视台的记者自然得到场。

既然参加了会，肯定要讲话。虽然事先没有准备讲话稿，但夏县长口才特好，大学的时候，参加过大学生辩论赛。

这会，夏县长就在向大家展示他即席讲话的水平，略有些磁性的男中音将与会人员都感染了，全场没有任何杂音。讲到兴头上，夏县长想抽烟了，其实也不太想抽，不过是个习惯。他从口袋里掏出盒烟来，抽出一根，顺手将那盒烟放在了桌子上。

当天晚上，电视台播出夏县长参加会议并作重要讲话的新闻。新闻三分之二的镜头都给了夏县长，还都是特写。

很多人都看了这则新闻。

也就是一般的会议新闻，没什么特别的，却偏偏被人看出特别来。

夏县长跟前摆的那包烟。一包豪华版西京牌香烟，每包120元。

一个县长，抽120元一包的烟，要说是自己掏钱买的，谁都不会相信。于是，当这则消息被贴到网上后，一时激起轩然大波，网上称之为“西京香烟事件”。一个县长，抽这么好烟，能没有经济问题？网上网下，大家都是议论纷纷的。

于是纪委就派了一个调查组到县里调查，还真查出了夏县长的经济问题。夏县长倒霉大发了，开除党籍都算是小事，还被判了5年刑。

在监狱里服刑的夏县长仍觉得自己实在是冤枉。当同监的人问他因为什么被判刑时，他说，因为一包烟。同监的人也知道“西京香烟事件”，也说，那个县长就是你呀！真是够倒霉的你。

夏县长在监狱里很郁闷，度日如年一般。

有一天，两个自称跟夏县长是老朋友的人来探监。一见面，夏县长一个都不认识。来人自我介绍说他们是西京集团市场营销公司的。夏县长知道西京牌香烟就是他们集团的产品，气不打一处来：“你们找我干什么？我倒霉就倒霉在你们那个西京烟上。”

来人也不生气，笑着说，所以我们给你补偿来了。

夏县长问，怎么补偿?

来人便将他们的来意跟夏县长说了。原来，豪华版西京牌香烟是他们集团是新产品，推向市场后由于知名度不大，一度销售业绩很不理想。可自从夏县长引发了“西京香烟事件”后，销售突然好了起来，而且上升空间还很大。这次他们来找夏县长，就是想请他做豪华版西京烟的代言人。

国家不是不让做香烟广告的么？夏县长有些疑惑。

来人仍笑着说，是不能直接做香烟广告，但我们可以变通一下。

夏县长问，怎么变通?

来人说，我们想以你为素材，制作反腐倡廉建设专题片，并且还准备跟监狱联系，作巡回演讲，现身说法。专题片和讲演的标题我们都想好了，就叫《一包豪华版西京香烟引发的腐败案件》。

夏县长把头摇得拨浪鼓。不行，这样一搞，我还不臭名远扬了。

夏县长，不是我们有意要戳你痛处，现在网络电视报纸，你的大名已经是铺天盖地了。再说，来人顿了顿接着说，我们会给你一笔不小的报酬。

多少？夏县长来了精神。

100 万。来人说。

……

奇怪的装修

女人是一个人到装修公司来的。公司给女人安排项目经理时，女人指着很帅的小陈说，就他吧。这样，很帅的小陈便成了女人的项目经理。女人叫小陈陈经理时，小陈对女人说，大姐，别经理、经理的了，叫我小陈就行。

小陈跟着女人到了家里，是幸福小区的一个小高层。女人开了门，小陈就迷惑了。小陈说，大姐，您要装修的房子呢？

女人说，就是这套房子呀！

小陈笑了，大姐，您别开玩笑了，这房子才装修不久。

女人说，没骗你，我想把卧室重新装修一下。

小陈便去看了卧室，可卧室装修也挺不错的，高档而典雅，浪漫而温馨。小陈说，不会吧，您是说卧室要重新装修？

嗯。女人点点头。

小陈摇摇头说，这太可惜了。又说，您这卧室已经装修得够好了，要装修得比这更好，可能有些难度。

女人说，我不是要你们装修得怎么好，只要装修成宾馆的标准间那样就行。

小陈又笑了，还笑得挺开心，大姐，您真爱开玩笑，那有将家装修成宾馆样子的。

就按我说的做，工期两个月，一定得做好。女人很认真，一点也看不出是开玩笑来。

小陈不明白女人的葫芦里卖的什么药，便盯着女人看，感觉女人虽然说不上是美女，却也别有一般风韵。女人自然发现小陈在看她，嗔道，看什么呀！我脸上有花呀！

小陈的脸便成了大关公。

做装修的那些日子，小陈经常到女人家里去。女人有时在家，有时不在家，在家的时候女人便跟小陈聊天，不过是聊些家常。让小陈奇怪的是，从来没有见过女人的丈夫，而从墙壁上挂的结婚照来看，女人显然是有丈夫的。

有一回，小陈就问起了女人丈夫的事。

女人说，他出差去了，再有……一个来月吧，就该回来了。

女人说这句话时，小陈从女人的眼睛里看出一种期待的东西来。

小陈说，大姐，您将卧室装成宾馆样，您爱人同意呀?

女人很自豪地说，在我们家，没他说话的份。

小陈又说，看样子，您爱人是当官的。

女人不说是，也不说不是，只笑笑说，你的想象力够丰富的。

小陈又说，要不就是老板。

女人仍笑，仍不吱声。

小陈自然不好再问，但脑子里浮现出“二奶”这个词来，可小陈不便明说，只在心里想。想着，便有些冲动，期望能发生点什么故事。

当然不能发生什么故事，因为屋子里不只小陈和女人，还有好几个做装修的工人。

但小陈到女人家更勤快了，虽然小陈手头上还有两个项目，但小陈显然对女人家的项目更用心，差不多每天都去，说是监工，其实小陈心里头还是有些不便让人知道的秘密的。

女人还跟小陈聊过女人。女人说，小陈，你这么帅，追你的女孩一定不少吧?

小陈说，哪有啊，我还是个王老五呢。

钻石王老五。女人又说，喜欢什么样的女孩，大姐给你说一个?

小陈说，那敢情好，大姐你这样的吧，我指定喜欢。

小陈说这话时仍笑，但那笑有些昧昧，女人显然注意到了，因为女人将眼睛看着其他地方说，看你嘴贫，早晚找一个女人管住你。

虽说是个小工程，但前后还是用了一个多月的时间。时间不长，却也不短，虽然小陈总希望着他跟女人之间发生些什么，但终究什么也没有发生。

按照女人的要求，卧室的墙壁全是白色的，摆了两张单人床，墙上还挂着壁灯，两张床之间是两只床头柜，进门的侧面是一排内置的挂衣橱，墙壁有一面镜子，女人甚至买来了白色的床单和被套，整个卧室，跟宾馆的标准间一模一样。

女人很满意。

小陈跟女人打电话谈结账的事时，女人让小陈到家里去，小陈又激动起来，甚至洗个澡换了件很帅气的衣服，然后赶到女人家。

女人在家很平静地等着小陈，很平静地跟小陈将账结了，然后很平静地握着小陈的手说谢谢，丝毫没有跟小陈发生些什么故事的意思。

小陈有些失望。

小陈临走的时候女人又叫住了小陈，女人说，我知道，你一直想问我为什么将卧室装修成宾馆样。

小陈不语，看着女人。

女人说，我告诉你吧，原因很简单，我只是想让丈夫睡一个好觉。

小陈疑惑不解。

女人接着说，我丈夫是个纪检干部，经常在外办案，常年住在宾馆招待所，

两三个月再能回家一趟。在宾馆住久了，他对家里的环境不习惯，所以总是失眠，经常是整夜不能入睡。我想，如果将卧室装修成宾馆的标准间样，他一定能睡得安稳、睡得踏实。

女人说着，眼睛里充塞着柔情。

小陈听了女人的话，脸又红成了大关公。

是块当官的料

县级班子换届，很多想捞个七品八品的局长书记们都在跑关系走路子。张山也是个局长，所以也想跑。可张山上面不认识人，即便认识也只是张山认识人家，人家对张山仅仅停留在印象张山层面上。但张山胆大，当然，也可以说脸皮厚，拎着几条好烟几瓶名酒便来到领导家。

领导是那种说话算话的领导，这样的领导一般都比较严肃，张山找的这个领导却不一样，很谦和很客气，让座倒茶，很耐心地听张山汇报工作汇报思想，这让张山看到了希望。

然而，当张山告辞准备离开的时候，领导却拎起张山放在沙发边上的烟酒，表情很严肃地让张山拿回去。张山自然不肯，匆忙往外走。可领导追了出来，将烟酒直接给扔在院子里花坛中，临了还说一句，往后，别搞这些邪门斜道。

张山只好捡起烟酒灰溜溜地走了。

张山回家跟媳妇说起这事。媳妇说，领导不抽烟不喝酒的，送烟酒肯定不好使。再说，你办的是大事，一点烟酒就想搞定?

一句话惊醒梦中人。次日，张山准备了10万现钞，用很一般的背包装好，夜深人静时又去领导家。张山赶到领导家时，已经有人在外面等，张山也只有等。等了一会，领导开门送人时，那个先张山在门口等候的人便闪身进了屋。期间领导看到了张山，还说了句，我很忙，有什么事明天到我办公室找我。然后关门进屋。

张山没有回去，忐忑不安地在外面等候，等了大约半个多小时，领导送那人出门，见张山还在等，便皱了皱眉，有些不高兴地说，你怎么还在这?不是让你到办公室去吗?

张山赔着笑说，我是来向您作检查的。

领导没有说话，进了屋，却没有将门关上，张山自然跟着进了屋。

这回，领导没有如上回那般随和，没有给张山倒茶，甚至没有让张山坐。张山倒也不在意，痛心疾首向领导检查上回送烟酒的问题来。

领导很惬意地坐在沙发上，听张山作检讨。等张山检讨完了，领导才慢条斯理地说，你能认识到错误，这很好，回去后你要好好工作，不要整天就想着提拔。说着，领导端起茶杯喝着茶。张山不傻，知道这是下逐客令，便知趣地告辞。

临走，张山将装有10万现钞的背包落在了领导家的沙发上。这回领导没有追出来，可当张山走到院子门口时，领导在窗户口大声叫住了他，然后将那包从窗口直接给扔了出来。

张山沮丧万分，心想这领导还真是个清官。可媳妇不信，说不信这世上真有不吃腥的猫，不是说领导是个画家么，要不你去弄幅好画，这叫投其所好。

张山眼睛一亮，抱起媳妇的老脸狠狠亲了一口。

张山通过朋友想方设法买了一幅画，价钱可不便宜，足足20万，然后信心满满地去领导家。领导一见是他，半句话不说便要关门。张山顾不得许多，伸手抵住门说，我只是想请您帮忙鉴定一幅画，没其他意思。边说边将手上的画摊开给领导看。领导只看了一眼，眼睛便亮了，不由自主地将画接了过去，摘下眼睛细细地看，喜悦之情溢于言表。

张山看着领导的表情，不失时机地说，这画是我托朋友弄来的，领导要是喜欢就留下吧！

领导抬起头看着张山，笑眯眯地问道，这画，你是送我的?

张山喜笑颜开地说，领导是大画家，只有领导这样的大画家才配收藏这样的好画。

领导脸上的笑容凝固了，缓缓将画卷起，然后往院子里一扔，头也不回关门进屋。

张山傻了一会，捡起画来继续敲门，可这会，领导没有理会。张山敲门了一会，便不再敲，在外面老老实实地等。

如上次一样，领导家登门拜访的人不在少数，不时有人来找领导汇报思想汇报工作，每次来人都在领导家呆个十几分钟半个小时的，领导便开门送客。虽然张山站在门口，可领导当他是透明人。

差不多到夜里快11点，领导送走最后一个客人，眼见张山一如既往在门外候着。领导瞅了张山一眼，掩上门，可只一秒钟又推开了。

领导面无表情地对张山说，你回去吧，不要在这里等了，影响不好。

张山苦着脸说，领导，我知道您喜欢这画，我是真心送给您的，您就收下吧，收下我就回去。

这回，领导盯着张山看，然后便是一脸无奈地说，你呀，是块当官的料。进来吧。

张山一听，顿时心花怒放。

自作聪明

小红在丈夫的衬衣上嗅到一股很重的香水味来，就断定丈夫在外面有了女人。

怪不得整天在外面泡不要回家，怪不得回到家说起话来放炮一样，原来……小红便歇斯底里般发作起来。丈夫费了老大的劲才弄明白小红发火的原因，解释说，整天在外面是因为生意上的应酬，衣服上的香水味是在舞厅跳舞时不小心沾上的，至于说话像放炮，这累了一天了，到家总想图个清静，可你总是唠唠叨叨的，谁受得了。

可小红仍坚持认为丈夫对自己不忠。这夜，小红一直没有合眼，小红在想一个法子，一个让丈夫回心转意的法子。想着、想着，天渐渐亮了，一个主意也在小红的心里形成了。

几天后的一天夜里，小红突然对丈夫说，我们单位一男的，今天请我看电影，他还说喜欢我，你说好笑不？

丈夫听了，看了小红一眼，问，哪个呀？

小红说，你不认识，大学刚毕业，高个，方脸，浓眉，挺帅一小伙子。

又说，我倒是有小半年没看过电影了。

丈夫不语。过了一会突然说，想看电影，明天我陪你去看。

第二天，丈夫还真的陪小红去看了一场《投名状》。

又过了几天，小红又对丈夫说，下午上班的时候，我们几个姐妹聊跳舞的事，被那大学生听到了，他就在下班的路上截住我，说请我跳舞呢。

丈夫说，想跳舞，我陪你去呀。

以后小红仍然时不时在丈夫面前提起那大学生。也怪，那以后丈夫就像变了个人似的，总早早地回家陪着小红，有应酬也常带小红一块去，有时还给小红买个小物件什么的，哄小红开心。

小红为此常窃窃偷笑。

没过多久，小红的单位新招了一名大学生，小红一看，惊得目瞪口呆。新来的大学生，高个，方脸，浓眉，挺帅一小伙子，简直跟小红构思的大学生一模一样。从此小红不再跟丈夫提大学生的事，倒是有一天，丈夫突然问小红，那大学生呢，现在还追你吗？

小红说，什么大学生，我瞎编的。

丈夫不信，说，不会吧，你编这个干啥。

小红说，我不这么讲，你会天天在家陪我呀？说完就依偎在丈夫怀里撒娇。

这以后夫妻俩再也没有提大学生的事了。

一个礼拜天，小红独自在家看电视，单位上那新来的大学生来找小红说件公事，说完大学生就走。恰巧小红的丈夫从外面回来，看到一个高个、方脸、浓眉的年轻人从家里出来。

进屋，丈夫阴着脸问小红，刚才那人就是你说的大学生吧？

小红开始没反应过来，嗯了一声。丈夫就倏地如二踢脚般蹿了起来，吼道，你个婊子，人都到家来了，还说是瞎编的。一巴掌便朝小红扇了过去……

看　病

病是突如其来的。

周日，艳阳高照，小丽陪我打羽毛球。打了一小会，我突然感觉肚子有些痛。小丽看出我有些不对劲，隔着球网大声问，芳姐，怎么了？我摇摇手说，没事的，老毛病了。

接着再打。

又打了一会，肚子越发痛了，我捂着肚子蹲在了地上。小丽将球拍一扔便冲过来，一边帮我擦着额头上的汗一边说，芳姐，还是上医院看看吧？我点了点头，一旁的司机飞也似的跑去将车开了过来。

车上，小丽掏出手机给医院张院长打电话，电话是通的，可张院长没有接，小丽骂骂咧咧起来，死张疯子，电话也不接。

医院不远，不一会就到了。小丽还在打电话，我便对小丽说，别打了，先找医生看吧。

小丽搀扶着我进了医院门诊部。许是下午，门诊部冷冷清清的，只有一个很年轻的医生在值班。那医生问了我病情，简单检查了一下便说，可能是输尿管结石，打一针便能止痛。

小丽说，可能？你说可能是输尿管结石？

正在开处方的医生抬起头，疑惑地问，怎么了？

小丽说，你连检查都不做，就说可能是输尿管结石？

医生说，检查了呀？

小丽不屑一顾，就那样随便按一下肚皮就叫检查了？

医生还想辩解时，小丽的手机响了起来，小丽看了一下手机说，死张疯子，还知道打回来。便接了电话。小丽声音很大地说，死哪疯去了，快到门诊部来，芳姐病了。

张院长很显然就在医院，不到两分钟便到了，气喘吁吁的。小丽向张院长告状，你们这个小医生，什么检查都不做，就说芳姐是输尿管结石。

那医生申辩说，症状很典型，不用做检查，处方我都开好了。

张院长一把将处方抢了过来，申斥那医生说，给芳姐看病，怎么能这么草率。又转过来对我说，芳姐，您先到优质病房住下，我安排几个科主任给您会诊。

我这里已是疼痛难忍，便说，应该是输尿管结石，我原先检查过，不用会诊了。

张院长说，那怎么行，这是看病，你得听我的。

小丽也在一旁说，就是，芳姐，你得听人家张院长的。

于是随张院长到了优质病房。张院长便电话通知科主任会诊。因为是周日，科主任大都在家休息，从张院长打电话听得出好几位都在麻将桌上。

而此时，我已经痛得额头上冷汗直冒，且忍不住地呻吟起来。小丽坐在床头不停地安慰我，不停地用纸巾给我擦汗，而张院长则不停地打电话催着，口气很冲，电话里将几个科主任骂得狗血淋头。

约莫半个小时，几个科主任陆续到了，外科的，内科的，泌尿科的，还有妇科的，张院长带着他们围着病床问病情，给我做检查，一个个神情严肃脸色凝重，而我则强忍着痛楚回答着他们的询问。

外科主任说，应该是输尿管结石，不过不能确定，得打个 B 超。

内科主任说，我看也是，最好查一下尿，看有没有尿血。

妇科主任说，不像是妇科问题，但要做一些辅助检查，稳妥一点。

泌尿科主任说，再拍个 CT 片子吧，这样方可确诊。

我说，不用这么麻烦，就按输尿管结石用药吧。

张院长立马说，这可不行，没有确诊怎么能随便用药呢，他们都是我们医院的专家，得听他们的。

小丽也说，就是，你芳姐是什么人呀，那可是金枝玉叶。

我无奈，只有一项一项做着检查，先是尿常规，再是 B 超，然后是 CT，再然后是……虽说每项检查都是绿色通道，可全部检查完毕也足足用了一个半小时，而此时我已经是痛不欲生了。张院长俯下身子脸带微笑地对我说，芳姐，检查结果出来了，输尿管结石，小问题，打一针便能止痛。然后转身对身边的护士长吼道，磨蹭什么，还不快给芳姐将针打上。

护士长小心翼翼地问，院长，打什么针？

张院长将门诊部年轻医生开的那张处方递给护士长说，按这个处方配药。

护士长的动作倒是迅速，不到五分钟，针便给我打上了。

有一句叫做“药到病除”，还真是这样，输液瓶里的药水打了还不到一半，疼痛便缓解了。张院长显然看了出来，关切地问道，芳姐，好些了吗？

我没好气地答道，一点小毛病，你都举全院之力了，能不好些吗？

张院长有些尴尬，脸上的笑容不自然起来。

此时，便听得小丽在门口说话的声音，郑部长，您可算来了。

话音刚落，我丈夫急匆匆地进了病房……

我是王好

傅飞从抽屉里拿出一沓财务凭据纸搁在王好面前时，王好霎时便感觉山崩地裂一般。

就真的山崩地裂了。

屋子的承重墙与楼板形成了一个狭小的空间，而此时，这空间就是王好与傅飞全部的世界。王好颤抖着，怎么了？发生什么事了？

傅飞说，地震了。

王好慌了神，喊救命，喊来人。

傅飞说，别喊，这会，没人理我们。

王好说，那就等死？

傅飞说，不是，留着点力气，等待救援。摸着黑，傅飞的手伸了过来，用力抓住王好的胳膊，王好的情绪便渐渐稳定下来。

死一般的静寂，王好感觉能听到自己的心跳。一会，王好说，你怎么一点都不怕？

傅飞先没有回答，过一会才说，怕，碰上这事，谁都怕。

王好又说，真是倒霉，先是被你盯住不放，现在又被老天爷给盯着了。你干吗今天找我谈话，换个时间就不会困在这了。

傅飞说，你知足吧，至少我们现在还活着，不晓得多少人已经……傅飞的声音有些哽咽。

沉默，很长时间的沉默，王好感觉到了什么叫度日如年。很久，王好又忍不住说起话来。王好说，问你一个问题。

傅飞说，问吧。

王好说，如果我们能逃过这一劫，你还会盯着我不放吗？

会。傅飞没有丝毫思索。

王好有些不快，如今我们也算生死之交了，你还不能放我一马？

傅飞说，不能，职责所在。

王好说，哼，你们这种人，都是冷血，一点人情没有。

傅飞没有吱声。王好也不再吱声。

没有光，不知是白天还是晚上，也不知道到底过了多久，但王好知道肚子饿

了，饥饿感一次又一次地袭来。王好闭上眼，脑子里浮现出小摊上的烤白薯来。就这会，傅飞又把手伸过来。拿着。傅飞说。

王好说，什么呀？

傅飞说，巧克力，来上班时女儿塞到口袋里的。

王好迟疑地从傅飞手上接过一块巧克力。那你呐？

傅飞说，女儿给了我两块呢。省着点，别一下子吃了。王好听到傅飞吃巧克力的声音，声音听起来就很香。王好掰下一小块巧克力塞到嘴里，那感觉，比王好吃过的所有山珍海味都要好，好一百倍。

傅飞说，歇会吧，少说点话。王好闭上了眼睛，不多会，便睡着了，还做了个好梦。等醒来时，王好又听到傅飞在吃巧克力。王好说，让我省着点，你怎么不省着点。

傅飞说，你说的是，是得省着点。

王好也掰了一小块巧克力塞到嘴里，边吃边说，等出去了，我把超市的巧克力全买来，送给你。

傅飞笑了笑，笑声有气无力。

王好又说，巧克力呀，可是这世间最好吃的食品了。

傅飞说，是不是最好吃的不好说，但这会这东西能救命。

确实能救命，虽然每次只吃那么一丁点，却让王好度过了好多个小时，尽管不知道到底有多少个小时。当王好将最后一点巧克力吃完后，便听到有人在呼喊。

王好激动地喊了起来，听到了吗，有人来救我们了，听到了吗？

傅飞没有回答。王好扭过身摸着傅飞时，便感觉不对劲。傅飞倚在承重墙上，身子软绵绵的。王好说，你怎么了？

傅飞的身子动了动，气若游丝地说，我不行了。

王好费尽全身的力气把傅飞抱到怀里，急促地说，傅飞，我们马上就要得救了，你一定要挺住，出去以后，我什么都跟你说，你一定要挺住。

傅飞没有再吭声，一直没有再吭声。在王好怀里，傅飞冷去。

救援的通道在渐渐打通，有光线漏了进来，王好看到了傅飞发白的脸，嘴角还有一片纸屑，王好伸手拈起纸屑，发现是那天傅飞拿给他看的财务凭据，而傅飞的手上，还抓着几张显然被撕咬过的财务凭据。

王好明白了什么。王好声嘶力竭地喊，傅飞！

救援通道完全打通时，王好依然紧紧抱着傅飞不肯松手。有人问，他是谁？

王好答，纪检干部傅飞。

那人又问，你是谁？

王好没有回答。救援的人中有人认出了王好，叫了起来，他是我们局长。

王好说，我不是局长，我是王好。

突然想起了曾平凡

“能说一下您心目中偶像是谁吗?”

这是县委组织部公开招考副科级领导职位的一道面试题。

我注视着摆在面前桌子上的题样，飞快地在大脑中搜索着，但也许是太紧张的缘故，原本存量已近爆满的硬盘此时竟是一片空白。千钧一发之际，我突然想起了曾平凡。

我做了次深呼吸，然后说：“我心目中的偶像是曾平凡。”

主考官显然没有料到我会说出这样一个名字来，因为他很诧异地看着我问：“曾平凡！曾平凡是谁?”

这时我已经完全平静。

我说：“曾平凡，是我们县最偏远的山石乡的一位副乡长，二十年如一日，他在山石乡副乡长岗位上默默无闻地工作，不争名不为利，将自己的青春无私地奉献给山石的山山水水。我总想，如果有一天我能走上领导岗位，将以曾平凡同志为我一生的榜样。”

我猜想我的这段回答一定打动了评委们，因为他们差不多都有意无意地微微点头，脸上写满了赞许。

往后的事情大家都能想得到。

大约一个月不到的时间，我从数名竞争对手中理所当然地脱颖而出。不过，县委给我安排的位置是山石乡副乡长，却是我始料不及的。

组织部长跟我谈话时说：“听说你的偶像是曾平凡，所以组织上决定将你安排到山石乡去工作，这样你也可以近距离地向曾平凡学习。”

走马上任的当天，我就见到了曾平凡。人如其名，曾平凡确实是个再平凡不过的人，完全是那种走在人群你无法将他找寻出来的那种人，有些木讷，有些平庸，我甚至有些后悔在面试中说出那么一句话来。

当时我在面试时所说的那番话已是传得满城风雨，作为话中的主角曾平凡自然也是有所耳闻，他当时嗫嚅地跟我说：“我没你说的那么好，您抬举我了。”而在我和曾平凡同乡为官的时日里，证明了我在面试所说的话绝对名符其实。

分管农业的曾平凡，几乎每天都往村里跑，田间地头经常可以看到他的身影，热天戴一顶草帽，冬天披一身发白的军大衣，你随便在那个村随便找一个农民，

一准知道曾平凡这么个副乡长。说句实话，我虽然自始至终并没有真的将曾平凡作为偶像，但在心里头还真是有点佩服他的，毕竟在这么个穷乡僻壤里工作了二十多年，无怨无悔，真不是一般人能做到的。

我就做不到。

我是个有抱负的人，在全乡最小又是最穷的山石乡要实现我的抱负可谓是难于上青天，所以我想方设法地寻路子托关系争取早日脱离苦海。工夫不负有心人，在山石乡当了一年副乡长后，我终于如愿以偿地调到全县最富的乡，而且是提拔为乡党委副书记。

打那以后，我的仕途是出奇地顺风顺水，在副书记位置上不到一年，就成了这个乡里的一把手，然后又顺理成章地当上了副县长，短短的十年工夫，我就成了邻县的县委书记，而且是全市最年轻的县委书记。上升的势头仍如破土的春笋一般不可阻挡。

也许是共事时间太短的缘故，曾平凡并没有在我的脑海留下太深的印象。在我的一次次的提拔重用过程，曾平凡渐渐地淡去，当年我在面试中所说过的那番话，随着时间的流逝也不再有人提起。

有一次回家乡参加春节乡友会，在县委大院与曾平凡曾有一次短暂的偶遇，他怯怯地跟我打了个招呼，当时我只是感觉这人有些脸熟，并没有想起他是什么人，所以我和蔼又不失威严地点了点头。旁人显然看出我没有认出曾平凡来，竟然多事地提醒我说："他是曾平凡啊，您不认识了？"而此时我才想起，眼前这个人就是那个人如其名的曾平凡，有些木讷，有些平庸。

再次想起曾平凡已是我当县委书记两年后的事了。

那会我正在为进市级班子而努力，一开始，事情的进展都如我设计的一般顺利，然而在公示过程中，纪委接到了群众举报，调查组的人便来到了我所工作的县里，我想这不过是走走过场例行公事而已，如此调查我已经历过几次了，但每次都能逢凶化吉。可这次没有如我所愿，调查组在县里折腾了两个多月，而在调查组的折腾中我终于折戟沉沙。

法庭上，我一直有些恍惚，不相信这一切都是真的，想不通自己怎么会走到今天这一步。当法官问我还有什么最后陈述时，我一时没听明白，木然地看着法官不知所以。

法官再问："现在是最后陈述，你还有什么要说吗？"

我不知道还有什么要说的，我的脑子依旧一片空白。空白中，依稀便浮现出一个平凡的身影，有些木讷，有些平庸。我说："我想起了曾平凡。"

法官显然没有料到我会说出这样一句没头没脑的话来，如当年的主考官一般诧异地问我："曾平凡？曾平凡是谁？"

……

龙泉白胎瓷

古玩商人登门造访的时候，局长正斜靠在那张晚清年间的雕花木椅上把玩着乾隆时期的鼻烟壶。

局长并不认识这古玩商人，但局长并不因为古玩商人冒昧登门而感到丝毫诧异。

局长除了是局长外，还是位颇有些名气的古玩鉴定专家。

局长对古玩商人并没有显出太多的热情，甚至连白开水都没有给倒一杯。不过当古玩商人从随身所带的小皮箱里拿出一只旧花瓶时，局长的眯缝眼蓦地瞪成了牛眼。

龙泉白胎瓷?！局长用略有些发颤的声音脱口叫出了这只旧花瓶的名称。

古玩商人笑了，说了一句局长好眼力。

局长小心翼翼地捧起旧花瓶，一边细细观赏一边娓娓道来。局长说，龙泉白胎瓷是南宋中晚期浙江余姚官窑专门为朝廷烧制的贡瓷。浙江绍兴高埠安葬了南宋六位皇帝，今人称之为宋六陵。但该陵园在元兵南下江南时被大规模盗掘而成为废墟，后来对宋六陵进行发掘时只出土了一些龙泉白胎瓷的残片。像这样保存完好的龙泉白胎瓷可称得上是稀世珍品。

古玩商人一边点头一边笑，讳莫如深的样子。

古玩商人问，这东西值多少钱?

局长接着说，龙泉白胎瓷民间流传极少，市场价格怎么也得过50万，不过你这件是仿品，虽说足以乱真，也不过值三五千。

说完，局长把旧花瓶重重放在茶几上。

出乎意料地古玩商人的脸色很平静，又说了一句局长好眼力。然后从小皮箱里拿出10万块钱来，放在茶几上。

局长的脸色凝重起来，责问道，什么意思?我是个讲原则的人，你来找我做鉴定，应该清楚我在这一行中的为人。

古玩商人的脸笑得很灿烂。古玩商人说，我虽是个小生意人，但对局长的为人，也是如雷贯耳，怎么敢让局长违背原则呢?

局长疑惑地问，那你什么意思?

古玩商人说，我只过想请局长闲暇时移步到古玩交易市场，把玩一下这件仿品。

局长问，就这么简单？

古玩商人答，就这么简单。

局长又问，没什么目的？

古玩商人反问，能有什么目的？

局长不说话了，端起茶杯吹了吹浮在面上的茶叶。

古玩商人走后局长想了很久，都没想明白古玩商人到底有什么目的，想不出来局长就不再去想，将钱锁进了保险柜。

过了没几天，局长便独自来到古玩交易市场。局长是这里的常客，时不时就有人热情地和局长打着招呼。走不多久，局长便发现了那古玩商人摆的地摊。

那只龙泉白胎瓷仿品便摆在地摊的醒目处。

局长在古玩商人的地摊上扫了几眼，然后一副发现新大陆的表情捧起了龙泉白胎瓷仿品，足足把玩了几分钟，直到身边围了几个认识或不认识的人后，才放回原处。

不知出于什么考虑，局长竟然问了一句，这东西多少钱？

古玩商人不动声色地答了一句，喜欢您就给个价。

局长笑了笑，又摇了摇头，踱着方步就走，走了几步还回头看了一眼，恋恋不舍的样子。

回到家的局长依旧没想明白古玩商人到底有何目的。

这天夜里，局长依旧斜靠在那张晚清年间的雕花木椅上独自欣赏着自己的藏品时，一位房地产商来到局长家，神秘地送来一只旧花瓶，局长细一端详，脑袋便“嗡”的一声炸了起来。

这只旧花瓶正是古玩商人那只龙泉白胎瓷仿品……

你不是关键

高三那年，赵小午喜欢上了关键。

关键是赵小午的语文老师，戴一副眼镜，极秀气。有一回几个小混混到学校闹事，别的老师都躲在一旁，唯独秀气的关键愤然冲了上去指责着那几个混混，就是其中一个用刀子在脸上比划也不退缩。

事后，有人惊讶关键的勇气，问关键怎么不怕，关键冷笑，邪不压正，我才不会怕呢。

赵小午怦然心动。

那些日子，无论是上课还是其他什么时候，赵小午看关键的眼神都脉脉含情，傻瓜都能看出赵小午喜欢关键。

关键自然也知道。

在一个礼拜天，关键约赵小午到家去吃饭。赵小午忐忑地来到关键家，关键和一个比赵小午大几岁的女孩很热情地招待了她。关键没有说那女孩是谁，但赵小午心里清楚女孩是关键的女朋友。

从此，赵小午便将那份少女的情怀深深埋在心底。

高中毕业，赵小午考取了一所外地的大学，毕业以后去了上海。随着时光的流逝，赵小午对关键的感情渐渐地淡了，只是偶尔的同学相聚，得知关键已经离开了学校，成了一名机关干部。

赵小午再次见到关键已是十多年以后。

如往年一样，赵小午都会在炎热的夏天回到家乡，将城市的喧嚷和躁动遗忘在乡村的绿水青山。而这一次，赵小午却没有感受到以往的清新，分明有一股刺鼻的臭味在空气中弥漫。村里人告诉她，去年，村子附近开了一家化工厂，厂子里排出的废水废气，污染了周边几个村子的水源和空气。

怎么不去找他们交涉？赵小午问。

村里人说，找了，可人家说他们厂的环境评估是过了关的。

赵小午说，那就去乡里。

村里人说，也去过了，乡里说这个厂是县里的重点企业，他们也没办法。

赵小午有些生气了，要不你们到县环保局去，不信他们也不管。

村里人说，正准备去县环保局，直接找局长关键呢。

赵小午的心咯噔一下。哪个关键？

村里人说，关键就是环保局局长，听说原先是县中的老师。

赵小午的脑海里便浮现出一个戴着眼镜，极秀气的身影。明天我跟你们一起去。赵小午说。

如十多年前一样，关键依旧戴一副眼镜，极秀气。关键还记得这个当年对他一往情深的可爱小姑娘，说起那段往事来，赵小午还有些羞涩，而关键则打趣地说，可惜当时我已经有女朋友了，不然肯定不会放过你这么漂亮的女孩。

说起化工厂污染的事，如赵小午所想的一样，关键愤然地站起来说，发展经济决不能以牺牲环境为代价，更不能损害老百姓的身体健康。你放心，明天我就派人去调查。

刹那间，赵小午萌生出少女时期的心动感。

关键没有食言，第二天，县环保局工作人员到了化工厂，将废水废气取了样，还找化工厂的经理谈了话。

赵小午跟村里人一道，等着县环保局的处理决定。期间，赵小午还跟关键通过电话，关键让赵小午放心，他一定会依法处理的。

时间流水一般，半年月的休假眼看就要结束了，空气却依然如赵小午回来时一般刺鼻。给关键打电话问情况，电话不通，或是不接。

回上海的头一天，赵小午到县城买票，顺便到了环保局。关键见到赵小午时有些不自然地问，还没回上海？

赵小午没有回答，直接问起化工厂的事来。关键点了一支烟，抽了一口，沉吟一会才说，化工厂确实存在超标排放问题，我们也准备责令停厂整改的，处理决定都打印好，你看。说着，翻着一张没有印章的文件给赵小午看。

赵小午看了一眼后疑惑地问，那为什么不下发执行？

关键唉了一声，人家找了县长出面，我能有什么法子。

赵小午说，那又怎样，县长出面你也得依法办事。

关键无奈地说，你真是天真，我要不听县长的，局长就当到头了。

赵小午不说话，拿眼睛盯着关键看，不认识一样。

干吗这样看我？关键问。

赵小午摇摇头，然后说，你不是关键，真的，你不是。

关键听得是一头雾水。

传　说

我老家是湖阳县，挺大的一个湖区县。

年初，回老家探望父母。我算是一个业余作家，所以喜欢跟一些认识或者不认识的人，聊一些家长里短的事，挖掘一点创作素材。

曾经聊到过湖阳县新调来的一个女副县长。

女副县长叫苏珊，是从市里空降来的。年纪轻，80后肯定的，不会超过三十岁。

一个不到三十岁的女副县长，成为街谈巷议的话题不奇怪，我自然也想探究一下这其中的幕后故事。

我没有问，不问大家也会说。我要做的便是用心记着。至于说的人是谁，不便摆在桌面上来，所以我这里用大写的英文代替。

A说：嘿，苏县长我知道，什么舞蹈学院毕业的。毕业后公务员没考上，便到九清山当导游。不是在导游公司做导游，是在管委会专门负责给领导做导游的。苏县长那么漂亮的人，哪个领导不喜欢？市委那个副书记叫什么？就是喜欢摄影的那个，好像是姓陈。这姓陈的副书记经常到九清山摄影，每次都点名苏县长陪同。据说姓陈的副书记经常半夜三更上山，等着拍太阳出来的照片，而苏县长肯定也得陪着去。夜深人静孤男寡女的，不发生点什么事那才叫奇怪呢。后来，姓陈的副书记将苏县长调到市里，为了避嫌，将她安排到党史办还是政研室。这次调整干部，姓陈的副书记又将她弄到我们县当副县长了。

B说：不对不对不对，苏县长根本不是从九清山出来的，她是大学生村官，不是在兴县就是在德县，反正是村官。没当两年，就调到县接待办去了。苏县长跟这个县的县长关系不一般，很有可能就是这个县长将她调过去的。县长是交流干部，家属不在身边，所以苏县长就经常帮县长洗衣服做家务。这事，地球人都知道。县长提拔的时候，纪检委曾经去调查了这个县长跟苏县长的作风问题。可这事，男的不说女的不讲，老百姓也只是听说，不可能捉奸在床，怎么可能查出来呢？后来，这个县长还是提拔了，提拔到市里当了领导，半年不到，就将苏县长调到市里去了。这次苏县长能当到副县长，就是这个县长起的作用。

C说：其实你们都是道听途说，说苏县长跟这个领导有关系，跟那个领导不正常，根本就是人云亦云。人家苏县长可不像你们说的那样。我外甥有一个同学

跟苏县长是一起玩的，苏县长当过村官不错，在九清山工作过也不错，在管委会当办公室副主任也不假。虽然经常要接待领导，但人家是黄花闺女，怎么可能跟你们讲的那样，人家还要嫁人呢。苏县长是有背景的，人家老公是市委组织部原先那个胡部长的侄子，就是后来去省委组织部当副部长的那个。胡部长的侄媳妇，当个副县长还不是顺理成章的事，哪有那么复杂。

D说：你们呐，一个个都说得跟真的样，根本就不是那回事。苏县长是谁呀？是吴富贵的干女儿。吴富贵是谁？你们连吴富贵都不知道？吴富贵是大老板，市里数一数二的大老板，深圳、上海都有产业的。当年苏县长进市委就是吴富贵出面调进去的。你们知道吗？吴富贵跟我们县委关书记什么关系吗？那是同学关系，当年大学里住的可是上下铺，不是一般的好。苏县长就是关书记要来的，就怎么简单。

E说：好了，你们说得都不对。我跟苏县长的父亲认识，老朋友了，我是看着苏县长长大的……

听到这里，手机响了，我便到一旁去接电话。电话是我在阳湖一个文友打来的，听说我回来了，想尽一下地主之谊。文友还说，他们苏县长也喜欢文学，是个文学爱好者，听说过我的大名，中午也会来陪我。

我笑了，心想，说曹操，马上就要见到曹操了。

文友知道我，所以安排在城边一个农家风味的小店里。我赶到时文友已经在等我了。寒暄几句后我正想问一下苏珊副县长的事，便进来几个人，其中一个英气逼人的年轻人进来就握住我的手，热情地说，您就是宁老师吧，我是苏珊，怎么样？这名字让人浮想联翩吧？

我握着苏珊的手，样子绝对有点哭笑不得。

司机老王

那年，我从市纪委下派到县检察院当检察长，办公室主任将一位中年男人介绍给我："这是给您开车的司机王师傅。"我说："你年纪比我大，就叫你老王吧。"老王异常感动的样子，紧紧握着我的手。

老王在检察院开车有年头了，上世纪八十年代末从部队回来分到检察院当司机。"在检察院，现在属于我资格最老。"老王说这话时总是眉飞色舞的，一副很得意的样子。

别看老王平时穿着不讲究，却很爱干净，他开的车总是擦得锃光发亮。他也不去洗车店，自己动手洗车擦车，而且擦得是干干净净。老王开的是警车，蓝白相间的，车门上有"检察"两个字，早晨上班，老王第一件事就是用干净抹布擦车，每次擦车，总将这两个字反复擦洗几遍，洗净擦干后，还打一层蜡。这样，"检察"两个字总是洁亮无比。

老王经常和我外出，有时人家单位客气，会给我们发一条或几包烟。我不抽烟，自然婉言谢绝。老王也不要。我说："老王，给你烟就收下，你和我不一样。"他说："我和你是不一样，我不是检察官，但我开的是检察院的车。"说完，从兜里摸出根烟来，点着，有滋有味地吸，还说："抽自己的，心里舒坦。"

老王是本地人，亲戚朋友有犯事的就常找他说情，老王从不答应，说："那是国家定的规矩，怎么能说情开后门呢?"可有一回，老王的小舅子因为贪污的事给反贪局查到了，关进了看守所。那天，他破天荒地来找我，说："我小舅子的事，能不能……"他边说边看着我。我说："老王，能照顾我们会考虑的，你不用多说。"老王就如释重负地走了。可第二天，他又找我："我小舅子的事，还是……"我截断他的话说："老王，你知道的，我们办案有程序，没这么快。"他忙说："不是这意思，我是说，这事，如果不合规矩，就算了，免得外人说闲话。"我有些感动，握着他的手说："你放心，我们会按法律办的。"

后来，考虑到老王的小舅子贪污金额不大，认罪态度好，还检举了其他人，检察院就建议法院判了个缓刑。宣判后，我看到老王将小舅子叫到一边说："没让你坐牢，是你用自己的表现争取的，检察院可没坏规矩。"

老王后来还给我开了几年车。前不久，老王开车下乡时出了车祸，车上的人包括我在内都挂了彩，老王自己也住了几天的院。我伤得很轻，到医院看望老王时，他说：“唉，年纪大了，手脚不灵便了。”

老王确实年纪大了，继续在检察院开车确实力不从心。我跟人事部门商量后，决定给老王换个清闲单位。当我把这个决定告诉老王时，他出乎意料地显得很平静：“谢谢检察院对我的关心和爱护。”

按照惯例，院里给老王开了个欢送会，会上大家都说了老王很多好话。大家都讲完后，我说：“老王，你也讲几句吧。”

老王很激动，他站起来，结结巴巴地说：“我只想……只想……”

我说：“老王，你有什么要求就提出来，我们会尽量考虑的。”

老王说：“我，我想要一件检察制服，旧的也行，留个纪念。这不坏规矩吧？”

会场霎时静了下来。

我感到眼睛有些潮潮的，顿了顿，将身上的制服脱了下来，轻轻披在老王的身上。

老王紧紧握着我的手，有老泪从眼眶滑落到脸上。

认识诸葛

诸葛，其实叫诸葛坚，可复姓的人，一般习惯称呼姓，而忽略名。

认识诸葛是在一次采访中。

属于那种锦上添花类型的采访，所以被采访的县环保局很客气，采访结束拉了一大桌子人陪我喝酒。诸葛就是其中一个。

我是主客，一个个轮番给我敬酒。不过是些场面上的应酬，虽然我酒量不差，却也不会贪杯，意思意思便行。

诸葛自然也给我敬酒。他端着一杯白酒走到我跟前说，夏老师既是名记者，更是小小说大家，您的《捕鱼者说》、《白云人家》等脍炙人口的佳作，都是环保题材的好作品，其中章节我还能背诵出来。

说着，诸葛还真背了两段。

我的虚荣心绝对爆棚，端起满满一杯白酒跟诸葛碰了杯。

酒杯见底，大家一阵掌声。

诸葛不过是环境监察大队的大队长，自然不够格挨着我坐。虽然隔了几个人，但就凭他能记得我的作品，我便跟他多聊了几句。诸葛也是个小小说爱好者，却从没有发表过。当诸葛提出发几篇稿子让我给斧正时，我当场拍胸脯应承。

自然，诸葛又敬了我一满杯。

酒足饭饱，诸葛自告奋勇用他的车送我回省城，还在车上给我放了些烟酒。

过了个把月，诸葛通过邮箱发给我两篇稿子。打这以后，隔个十天半个月的，诸葛便会将他的新稿子发给我。我虽然不是编辑，但人脉关系还是有的，也帮他推荐发表了几篇。诸葛跟我的联系多了起来，逢年过节也会打个电话或发个短信问个好什么的，却是一直没有见面的机会。

一年后的一天，诸葛突然给我打了电话，说他要来省城，想跟我见一面。

诸葛赶到省城已近中午。我请诸葛吃饭，可诸葛说，你们当作家的，爬格子能挣几个钱，还是我请吧，能报销，你找一个地就行。我便带诸葛到一家挺干净的小酒店，叫几瓶啤酒，两人对酌。

记忆中诸葛应该是个开朗的人，这次见面他却有点少言寡语，一点没有那种他乡会友的兴奋劲。

我问诸葛到省城是出差还是私事，还说有什么事尽管开口之类的客套话。诸葛干了杯啤酒，叹了口气说，我这次来，真有件事想请你给帮个忙。

我说，说说看，看我能不能帮上忙。

诸葛说，我想借夏老师的名声办件事。

诸葛告诉我说，他们县引进了一家化工厂，工厂环评其实没有达标，而离厂子不到一公里的地方，就是一个好几千人的村庄。工厂正在建设中，问题还没有暴露出来，但如果不马上叫停或者搬迁，假以时日工厂开工，污染问题很难有效解决，届时后果将会很严重。

诸葛说到这里时表情凝重。

我说，你不是环境监察大队长吗？这是你职权范围内的事呀？

诸葛苦笑着说，这样的工厂能办起来，自有他的路子，不是我这个大队长左右得了的。

我不解地问，你不能左右，难不成我能左右？

诸葛看着我说，你能。你是记者，又是作家，新闻界和文学界的名人，如果你能写一篇文章，发在网上或者报纸上，造造舆论，我就有办法让工厂停下来或者搬迁。

我担心地说，如果上面知道是你搞的名堂，你可是吃不了兜着走。

诸葛淡然地说，工厂如果开工了，污染问题不解决，早晚要出事，我这个大队长不会安稳。

我想了想，答应了诸葛的要求。

虽然诸葛提供了相关资料，为慎重起见，我还是去县里作了一些了解，所了解的情况跟诸葛所说一致。回来后我立马写了一篇稿子，并发到了网上。

稿子发出没几天，我就接到诸葛的电话。诸葛很兴奋，告诉我说工厂已经停了下来，正在重新进行环评，下一步估计会搬迁。电话里诸葛不停地向我表示感谢。我说不用谢我，要谢就谢你自己。

又过了一段时间，诸葛又电话告诉我，工厂已经重新选址，但政府支付了老板一笔不菲的搬迁开支。

事情有了不错的结果，我如诸葛一般高兴。

再次见到诸葛是半年以后。诸葛又到省城，这次又给我带来了烟酒土特产什么的，说是要正式拜我为师，还说这是他最后一次利用职权送礼了。

我不明白诸葛的意思，便问怎么回事。

诸葛说，我已经调到文联去了。

找啊找啊找乐子

周六下午，领导突然决定去找乐子。

领导的工作很忙，其实一个“很”字似乎都不足以表述领导的忙，用小品里的话说，那是相当忙。领导一个礼拜忙了有五天了，简直是没日没夜的，好不容易到了周末，领导浑身上下自然就萌生出渴望轻松的感觉来，于是便想去找乐子。

领导是新来的领导，属于那种交流干部，一时半会还真想不出到哪或者说找什么乐子，无奈，便给小孔打了个电话。领导说，你联系一下，到哪找找乐子，放松放松。

小孔是领导的司机，头脑灵光腿脚灵便，五分钟不到，车便开到领导家门口。小孔说，去快乐山庄吧，施老板我熟悉，那可是休闲娱乐一条龙，绝对有乐子。

领导问，不会麻烦人家吧？

小孔说，麻烦，领导到他那找乐子，是给他面子，感激涕零还来不及呢。

还真如小孔所言，当小孔开着车带着领导来到快乐山庄时，施老板早就候在山庄路口。握着领导的手时，施老板激动不已，久久不能开口说话，就差热泪盈眶了。

小孔说，施老板，别光顾着高兴了，领导到你们山庄找乐子，你们这有什么乐子呀？

施老板点头哈腰地说，钓鱼、打牌、唱歌都有，不知领导喜欢什么？

领导想想说，钓鱼吧，看这春光明媚的。

便是钓鱼。

鱼塘边很僻静，青山绿水的，空气自然是新鲜。施老板亲自动手，给领导准备好鱼杆，上了饵，又在鱼塘里打了窝，领导动作很潇洒地将鱼钩甩进鱼塘，然后静候鱼儿上钩。施老板则操起捞网，摩拳擦掌等着捞鱼。

然而五分钟过去了，十分钟过去了，半个小时过去了，浮标依旧默默没有丝毫动静，只有几只蜻蜓时而点水轻掠。

领导的脸上有了一丝焦躁。

小孔轻轻问施老板，你这塘里有鱼没有？

施老板说，有鱼，怎么会没有。

那我试试。于是小孔也特地找来一根鱼杆，鱼钩才入水，便有鱼咬钩，鱼杆

挥动，一条青鱼便拎了起来。还真有鱼。小孔说着，将鱼取下，鱼钩再次入水，不多会又钓了一条。而此时，领导的鱼钩依旧静默如初，脸色也越发地难看起来。

小孔是领导身边的人，自然很注意察颜观色，便有些尴尬地自言自语，这鱼，真是不讲政治。

领导说，天太热，你们钓吧，我歇一会。说着，领导将鱼标扔在地上，沉着脸走。

领导不钓了，小孔跟施老板肯定不可能再钓，放下鱼标跟着领导。

施老板说，要不，我找两个人陪领导打麻将吧。

领导想了想说，好吧，好久没摸了，今天就摸几圈。

施老板便打电话叫来两个人，施老板给领导介绍了，但领导记不得，只知道也是老板。

山庄有自动麻将机，三个老板就陪着领导打麻将，小孔则在一旁倒茶递烟。

领导说，来点小刺激，小赌怡情，说好了，你们可不许让着我。

施老板说，怎么可能性呢，赌场无父子，肯定不会让您。

领导的手气极好，连着三把都是领导和牌，而且都是大和。几个老板很爽气地掏着钱，还奉承着说，领导的水平就是不一般，连麻将都打得这么好，绝对是麻坛高手。

领导也很高兴，说，哪是我水平高，手气好而已。

水平高也罢，手气好也罢，反正十来圈下来，几乎都是领导唱独角戏，虽然跟前的钞票已经厚厚一叠了，领导的情绪却慢慢低落下来。又和了一把七星无宝后，领导将牌一推说，不打了，没意思。

小孔说，是没意思，水平差太大，不一个级别。

领导看了小孔一眼，没有说话。但领导心里说，这帮家伙都让着我的，以为我是傻瓜，看不出来呀。想送钱，犯不着这般送法。

施老板看出领导不高兴，一时不知说什么。恰巧山庄服务员过来叫吃饭，施老板便满脸堆笑地对领导说，请领导先用餐吧，用过餐后再请领导按按摩、唱唱歌。

菜自然是好菜，酒肯定是好酒，可领导整天山珍海味茅台五粮液的，什么好东西没有吃过，山庄的东西再好，也不可能吊起领导的食欲来。酒桌上，虽然依旧是推杯换盏，可领导每次只象征性细细抿，没有丝毫喝酒的兴趣。

一餐丰盛的晚餐草草了事。

晚饭后，施老板小心翼翼地对领导说，领导，我们休息一下再唱歌吧。

领导脸上掠过一丝不屑，唱歌？你们这还有歌厅？

施老板说，有，绝对高档，音响效果不比歌厅的差。

领导冷笑着说，光音响好有什么用。

施老板的脑袋也很灵光，自然听得出领导话中的意思，忙凑到领导跟前，小声说，不光是音响好，女人也不错。

领导依旧冷笑，就你这山庄，能有什么美女。

施老板不说话，拿出手机拨了个电话，不多会，一个女人款款而来。只见这女子，眉如翠羽，肌如白雪，腰如束素，齿如含贝，柔情绰态，媚于语言。施老板满脸得意地问领导，怎么样，这可是正版大学生，还看得过去吧？

领导没有搭腔，但脸上已是万里无云，眼睛里还闪着绿色的光来。

施老板没有吹牛，山庄的歌厅确实不错，但比起领导到过的歌厅来，也是不过如此。但此时，一切都不重要了，因为领导的眼睛一直就没有离开过那个女人。

领导的情绪极高，酒，喝了一杯又一杯；歌，唱了一曲又一曲；舞，跳了一支又一支。渐渐地，施老板、小孔几个先后都悄悄离开了歌厅，只留下领导和女人。

女人极妩媚地依在领导的怀里，便是没有酒，领导也早就醉了。

很多案例中所说的领导跟女人之间发生的故事，亦无例外地发生了。

激情过后，领导意犹未尽，便问女人要了手机号码。领导在手机上存女人的号码时，才发现还不知道女人叫什么。领导问，你叫什么名字呀？

女人说，我叫王乐，大家都叫我乐子。

领导惊讶地问，叫什么？

女人说，乐子，快乐的乐。